La collection
RÉVERBÉRATION
est dirigée par
Christiane Lahaie

Bordel de vie
et autres nouvelles

Du même auteur

« Dessine-moi une ville », *XYZ La revue de la nouvelle : GPS / FAITES DEMI-TOUR*, n°154, printemps 2023.

L'encre sèche et on oublie, nouvelles, Montréal, Lévesque éditeur, 2021.

« L'éphémère », *XYZ La revue de la nouvelle : YOLO*, n° 131, automne 2017.

Serge Labrosse

Bordel de vie
et autres nouvelles

LÉVESQUE ÉDITEUR

Catalogage avant publication
de Bibliothèque et Archives nationales du Québec et Bibliothèque et Archives Canada
Titre : Bordel de vie : et autres nouvelles / Serge Labrosse.
Noms : Labrosse, Serge, auteur.
Collections : Réverbération.
Description : Mention de collection : Réverbération | Nouvelles.
Identifiants : Canadiana (livre imprimé) 2022002670X | Canadiana (livre numérique) 20220026718 | ISBN 9782897631734 (couverture souple) | ISBN 9782897631741 (PDF) | ISBN 9782897631758 (EPUB)
Classification : LCC PS8623.A33357 B67 2022 | CDD C843/.6—dc23

Lévesque éditeur remercie le Conseil des arts du Canada (CAC)
et la Société de développement des entreprises culturelles du Québec (SODEC)
de leur soutien financier.

Lévesque éditeur
4609, rue d'Iberville, bureau 300
Montréal (Québec) H2H 2L9
Téléphone : 514.528.6006, poste 16
Courriel : info@levesqueediteur.com
Site Internet : www.levesqueediteur.com

Dépôt légal : 1er trimestre 2023
Bibliothèque et Archives Canada
Bibliothèque et Archives nationales du Québec
ISBN 978-2-89763-173-4 (édition papier)
ISBN 978-2-89763-174-1 (édition ePDF)
ISBN 978-2-89763-175-8 (édition ePUB)

Distribution au Canada
Dimedia inc.
539, boul. Lebeau
Saint-Laurent (Québec) H4N 1S2
Téléphone : 514.336.3941
Télécopieur : 514.331.3916
www.dimedia.qc.ca
general@dimedia.qc.ca

Distribution en Europe
Librairie du Québec
30, rue Gay-Lussac
75005 Paris
Téléphone : 01.43.54.49.02
Télécopieur : 01.43.54.39.15
www.librairieduquebec.fr
libraires@librairieduquebec.fr

Révision : Elise Schvartz
Correction d'épreuves : Noémie Thibodeau
Direction littéraire : Christiane Lahaie
Conception graphique : Édiscript enr.
Mise en pages et adaptation numérique : Studio C1C4
Illustration de la couverture : Serge Labrosse

DESTINÉES

Bordel de vie

Moi, je fais l'amour à toute la terre.

CLAUDIA LAROCHELLE,
Les bonnes filles plantent des fleurs au printemps

J'ai fait sa connaissance chez des amis. J'étais remis de ma dernière rupture. Ils nous avaient conviés au même souper, moi et cette fille. Marie-Pier.

C'était bien, cette soirée, lui ai-je dit en la ramenant chez elle. Je l'ai embrassée. Je suis entré prendre un verre. La prendre elle aussi au passage.

— Pour toi, c'est gratuit, a dit Marie-Pier.

Ça m'a fait rire.

Le lendemain matin, elle m'a giflé.

Je venais de comprendre – et de lui dire – qu'elle se prostituait. C'était pourtant la vérité. Je ne la jugeais pas. Je mettais un mot sur sa réalité. Elle m'avait confié à l'instant qu'elle partageait son lit avec des garçons. Des filles aussi à l'occasion. Pour payer le loyer et les études.

Une main sur ma joue, j'ai dit que j'étais désolé. Que j'avais de la chance, après tout. Elle était franche. Et elle ne m'avait rien chargé, à moi. Ça voulait dire quelque chose.

On n'a pas élaboré. Mais le matin, elle est partie.

— *Ça ne marchera pas*, elle a dit.

Je n'ai rien trouvé à répliquer. Elle était pressée. Une visite à ses parents dans le Vermont. Je suis resté seul. En pyjama. Dans son lit.

J'y étais encore quand un type a sonné à la porte. Je suis allé répondre.

— Vous direz à Marie-Pier que Benjamin est passé, il a dit, constatant son absence.

J'ai rétorqué qu'elle avait déménagé et qu'il n'avait qu'à aller tâter le cul d'une autre pour ses quelques dollars s'il n'était pas capable de séduire une femme autrement.

Le visage cramoisi, il a tourné les talons et failli se péter la gueule dans l'escalier mal déneigé. Je m'en suis voulu. Mais la scène valait la peine d'être vécue.

Le deuxième matin, sans nouvelles de Marie-Pier, j'ai décidé de squatter son appartement sans autre meuble qu'une table, deux chaises, une étagère et une causeuse démodée. J'avais décidé d'attendre son retour. On s'expliquerait.

J'étais encore couché. On a frappé à la porte. Je suis allé répondre, une serviette autour de la taille, prêt à m'excuser auprès du jeune homme si c'était encore lui.

C'était une petite brune. Jolie, au demeurant.

— Marie-Pier n'est pas là ?

— Non, j'ai dit. Y a que moi.

— Et tu prends combien ?

Je l'ai fait entrer. Je lui ai offert un café. On s'est assis. Elle avait un sourire magnifique.

— Les garçons, c'est moins mon genre, elle a dit. Et puis ne crois pas... Je ne fais pas toujours ça. Mais j'ai besoin. Là. Tu veux bien me prendre ?

Cette façon de dire. Cette fragilité du regard. Ce frémissement des lèvres... Je me suis levé et l'ai entraînée dans la chambre.

Nous avons fait l'amour comme des étrangers que nous étions. Avec gêne, d'abord. Puis dans l'abandon. Sans scrupules. Sans attente. Sans inhibition. Je l'ai aimée tout simplement. Tendrement. C'est ce qu'elle voulait. Ce qu'elle était venue chercher.

Je me suis assoupi. Quand je me suis réveillé, elle était partie.

Il y avait cent cinquante dollars sur l'oreiller.

Le troisième matin, personne ne s'est présenté. À demi nu, j'ai flâné tout le jour entre la cuisine et le téléviseur. Le soir, j'ai lu d'un trait ce recueil de Claudia

Larochelle qui traînait au salon : *Les bonnes filles plantent des fleurs au printemps*.

Au fil des mots, une envie a gonflé en moi, que je n'ai pas su apaiser. Soif de tendresse et besoin charnel sont restés inassouvis. Mais j'ai rêvé d'amour.

Le quatrième matin, Marie-Pier est revenue.

Elle était assise au pied du lit quand j'ai ouvert les yeux. On s'est expliqués. Je suis resté.

Ma vie a drôlement changé. Marie-Pier et moi tenons bordel, désormais. Eh oui, je me prostitue, moi aussi. À deux, ça paie beaucoup plus que les études et le loyer.

L'amour ? Je le caresse en rêve.

Tranché net

Merde ! Ça saigne…

Bruno a quitté la chambre. Quelle mauviette ! Il a peur du sang.

Il faut dire que ça n'est pas rien. Un ruissellement continu, d'un rouge poisseux.

Là, sur le ventre de Camille. Elle s'est étendue pour que ça ne dégouline pas jusqu'à ses pieds. Elle a plaqué un oreiller sur son abdomen.

Ce qu'il est stupide, Bruno !

Il voulait jouer du couteau. Expérimenter la douleur. Elle n'avait pas tout compris. C'est elle qu'il entendait éprouver. Elle aurait goûté son propre sang avec lui s'il avait seulement voulu rester auprès d'elle.

Il a tranché net.

Sensation de brûlure intense au passage de la lame. Elle a toujours voulu connaître les limites de sa résistance à la douleur. Elle les a atteintes.

Pourquoi il ne revient pas, le drôle ?

Ce soir, quand elle l'a approché dans cette *rave*, il n'a pas baissé les yeux. Elle ne savait pas que c'était parce qu'il avait trop fumé. Elle a pris ça pour de l'indépendance. De l'orgueil. Elle s'est dit qu'il avait quelque chose du dominateur. Et ça l'allume, elle, les chefs, les mauvais garçons. Elle aime qu'on lui tape les fesses au sang quand elle baise. Qu'on lui triture le bout des seins. Qu'on lui tire les cheveux quand on la prend par-derrière. Elle aime la douleur.

Au lit, Bruno a bien tenu le rôle de la brute. Il faut dire qu'elle lui a tout de suite révélé ses désirs coupables. Ça endurcit son homme au bon endroit d'entendre une fille lui demander de la prendre avec force. Petit à petit, elle a monté la barre. Dans tous les sens où vous pouvez l'entendre. Elle cherche le mâle alpha, Camille. Elle a accepté qu'il la frappe. Il y est allé trop fort. Elle a saigné du nez. Après, elle a perdu le contrôle. Lui aussi.

Bruno, reviens, là ! Elle baigne dans une mare. *Apporte-moi une serviette. Qu'est-ce que tu fais ?*

Il lui a fait mal. Plus qu'elle ne croyait. Puis il s'est retiré sans plaisir. Qu'il est bête ! Il l'a laissée étendue sur le lit, une entaille dans le ventre. Elle n'aurait pas cru qu'il irait jusque-là. Elle croyait qu'il bluffait quand il a sorti le couteau. Il lui a proposé une « expérience sensorielle ». Tu parles ! Elle en riait. Jusqu'à ce qu'il lui incise la peau.

Ouf... Elle n'arrive plus à éponger et a l'impression de faiblir. Ça saigne beaucoup trop. Et puis sa peau... Elle devient froide. Et moite. Et bleuâtre.

T'as pas raté ton coup, tu sais ! T'es un vrai dur, toi. Reviens, animal ! Tu ne peux quand même pas m'abandonner comme ça.

Bruno ?

Allez, on ne joue plus, pauvre abruti !

Ça fait vraiment mal, maintenant. La plaie est plus profonde qu'elle ne l'imaginait. *La coupure est longue, dis donc. J'angoisse un peu, là. Ça me fait un mal de chien. Trop mal, Bruno. Viens m'aider, grand crétin. Je meurs !*

Une hémorragie. C'est vraiment ce qu'il souhaitait ? Elle n'arrive pas à y croire. Demande qu'on appelle une ambulance. Elle se sent tout étourdie ! A l'impression de s'endormir. Qu'elle va défaillir. Et puis... c'est pas le foie, à droite ?

Il ne répond pas.

Il n'est plus là.

Bruno ! Salaud. Tu m'as tuée...

Vie de chien

— Bon. Là, c'est assez. C'est le chien ou c'est moi…

Combien de fois lui ai-je dit ça ? Pourtant, rien ne change. Non mais dites-moi : je rêve ou ce chien a pris ma place ?

Il suffit qu'il bouge un peu la queue et hop ! une caresse, un sourire. Les enfants en oublient ma présence. Ils ne pensent même plus à m'embrasser en rentrant de l'école.

Le chien arrive toujours avant moi à la porte. Ils s'enthousiasment de le retrouver. Disparaissent après avoir cambriolé le frigo et crié *salut 'pa !* Sans même me gratifier d'un regard.

Ça n'est pas mieux à l'arrivée de leur mère. *À qui le beau chien-chien ? Il est chou le beau chien-chien à sa maman. Viens ici, Hubert. Viens !*

Ouais. Une idée à elle, ça, de lui donner mon nom. Elle a pouffé de rire en le proposant aux enfants qui ont évidemment retenu l'idée. Elle a changé d'humeur quand j'ai appelé sa perruche Isabelle. Mais ça n'a rien changé.

Ce soir, le *chien-chien à sa maman* était couché dans mon lit. À ma place. Dans les bras de ma femme.

C'en était trop. J'ai pris mon oreiller, une couverture et je suis sorti.

Isabelle ne dormait pas. Je parle de ma femme, là. Au bout d'un instant, j'ai vu s'allumer la lumière de la chambre à coucher. Puis celle de la cuisine. La porte menant au jardin s'est ouverte et Isabelle y est apparue, à contre-jour.

— OK. Cesse de faire l'idiot, pauvre petit mari délaissé. Sors de la niche.

Le bon voisinage

Elle lui a dit que Tom partait ce soir-là, pour affaires. Il a répondu que sa femme n'était toujours pas rentrée de Toronto. Linda a saisi l'occasion. Ils sont allés ensemble dans un bar du Mile-End. Il a assez vite compris ce qu'elle voulait.

— On boit et on se décoince.

Elle a commandé deux gimlets.

•

Hélène et lui venaient d'emménager.

Un après-midi de juillet, leurs nouveaux voisins, Tom et Linda, les ont invités à traverser. Hélène et Paul ont apporté deux bouteilles de rosé. Après la salade et le barbecue, avec les fromages, Tom a sorti une bouteille de rouge. Puis une autre. Ils se sont retrouvés dans la piscine. C'est ce soir-là qu'ils sont devenus amis, tous les quatre.

Dans l'année qui a suivi, ils ont passé des soirées à boire de la bière devant un match de hockey, à se réinviter mutuellement à souper, à partager une bouteille sur une terrasse avant le théâtre. Ils se donnaient rendez-vous pour un pique-nique, une journée de ski, un anniversaire. Hélène et Linda s'entendaient particulièrement bien. Tom jouait les séducteurs. C'était comme un jeu entre la femme de Paul et lui. Paul lui donnait le change en complimentant Linda à tout propos. Peut-être un peu trop.

•

Au bar, la cuisse de Linda a frôlé la sienne. Elle a posé sa main sur son bras. Rapproché son visage de celui de Paul. Posé ses lèvres sur sa bouche. Il a eu envie d'elle, c'est vrai. Mais il ne trouvait pas loyal ce qui se passait entre eux. Il s'est ressaisi. Il a reculé son tabouret, détourné le regard et vidé d'un trait son verre. Il s'est levé, prêt à partir. Elle a soupiré.

— Dommage…

Il n'a pas répondu.

Lorsqu'ils sont rentrés, Linda l'a invité chez elle. Paul a décliné l'offre. Il se sentait déjà coupable de l'avoir embrassée. Il ne voulait pas faire ça à Hélène.

Il avait beaucoup souffert de la trahison de sa première femme. Cela l'avait conduit au bord du suicide. Il s'en était remis mais avait toujours eu du mal à faire confiance par la suite. Longtemps, d'ailleurs, il avait évité de s'engager.

Puis il a rencontré Hélène. Elle l'a attendu. Ils ont fini par se marier.

Linda était très séduisante. Paul aurait pu se laisser aller avec elle. Il en mourait d'envie. Mais il n'aurait plus été capable de regarder Hélène dans les yeux. Ni lui-même dans le miroir. Et puis, Tom aurait fini par se rendre compte de quelque chose.

Le lendemain matin, Paul a voulu en reparler avec Linda. Lui expliquer. Mais son auto n'était plus là.

Deux jours plus tard, Hélène lui a téléphoné depuis Toronto. Elle disposait de quelques minutes avant l'embarquement de son vol de retour. Elle serait à la maison dans trois heures.

Paul n'avait rien fait de mal, ou si peu. Pourtant, il se sentait coupable.

— Il faut que je te parle, a-t-il dit.

— Moi d'abord, a répondu Hélène.

Il a gardé le silence. Elle a poursuivi.

— Tom et moi…

— Tom ?

— Il était à Toronto. Oh, écoute, ce n'est pas une bonne idée. Je t'en parlerai à la maison.

— Non. Qu'est-ce que tu veux dire ? Dis-le. Maintenant. Quoi ? Vous avez couché ensemble ?

— …

— Hélène ?

— Je ne voulais pas te dire ça au téléphone. Je regrette d'avoir…

Paul a raccroché. Il est sorti, complètement ahuri. Dans un état à mi-chemin entre la rage et la douleur, il a aperçu Linda. Elle rentrait à l'instant. Rangeait sa voiture dans le garage. Il s'est rué sur elle. Il était en crise. Il avait besoin d'aide. Il a crié.

— Linda ! Hélène et Tom…

Elle ne l'a pas laissé finir sa phrase.

— Oui. Je sais…

Elle s'est approchée, a mis sa main sur sa bouche.

Il a reculé d'un pas sans la quitter des yeux.

Elle avait un regard condescendant. Insoutenable. Elle lui a dit ce qu'il n'aurait jamais voulu entendre. Qu'elle-même était allée rejoindre Tom et Linda pour le week-end. Que lui, Paul, aurait pu se joindre à eux. Qu'elle avait voulu lui en parler l'autre soir, au bar, puis chez elle. Sans succès.

Il essayait de comprendre ce qu'elle cherchait à lui dire… Elle s'est rapprochée. A pris ses mains dans les siennes.

— Tom est amoureux d'Hélène. Et moi aussi, lui a annoncé Linda, le plus simplement du monde. Tu devais bien t'en douter un peu ?

Il était tétanisé.

— Entre, je t'offre un verre. On va les attendre ensemble. La soirée est loin d'être terminée, tu sais. Tous les quatre…

C'est là que ça s'est passé.

Il l'a suivie à l'intérieur. A fermé la porte. S'est approché. A mis une main sur son cou. Elle lui a souri. S'est lovée tout contre lui. Il a joint l'autre main. Elle a froncé les sourcils. Il a serré. Serré jusqu'à ce que les perles de son collier se détachent, tombent et se répandent sur le tapis. Jusqu'à ce que Linda s'écroule sur le sofa et lui aussi. Puis il a éclaté en sanglots. Tous, ils l'avaient trahi.

Il a passé le reste de la soirée sur le canapé. En état de stupeur.

Quand Tom est arrivé, la pièce était plongée dans l'obscurité. Il a allumé. Il a aperçu Linda par terre. Il a crié quelque chose et s'est précipité sur elle sans un regard pour le mari d'Hélène. Reprenant contact avec la réalité, Paul a senti alors remonter la rage qui, un temps, était restée tapie dans l'ombre avec lui. Il s'est levé et a saisi le tisonnier près du foyer. Tom n'a pas eu le temps de réagir. Paul lui a défoncé le crâne.

De retour chez lui, il a vu le sang sur sa chemise. Il a jeté ses vêtements dans un coin et retrouvé Hélène sous la douche. Elle et Tom étaient rentrés par le même taxi…

Il a remarqué qu'elle avait pleuré. Elle s'est collée à lui. L'a supplié de lui pardonner. Il n'a pas répondu. Elle lui a couvert le visage de baisers. Il a fermé le robinet. Ils se sont séchés. Elle a pris sa main, l'a conduit à leur chambre et lui a fait l'amour. Il l'a laissée faire. Elle a fini par s'endormir.

Au petit matin, il a retourné Hélène à Toronto avec ses valises. On l'y retrouvera tôt ou tard.

Aux colis non réclamés.

Garçon !

Soir de spleen. J'ai laissé cette fille, son chien, pris ma veste de cuir et claqué la porte.

Gertrude – je l'appelais Gertrude, elle détestait – a rouvert derrière moi. J'ai dévalé les marches aussi vite que j'ai pu. Elle m'a envoyé sa chaussure à la tête, talon par-devant. Pour le coup, j'ai sacré. Saigné un peu. Mais je ne peux pas lui en vouloir.

C'est moi qui l'ai trompée.

N'allez pas croire : je ne suis pas de ceux-là. Les femmes – je veux dire les autres –, je ne les regarde pas. Je n'ai jamais regardé les femmes. Ce sont elles qui me regardent. C'est comme ça. Je suis beau. Elles le disent, en tout cas. Des garçons aussi le disent. Je n'y peux rien. On s'accroche à ma peau. Les samedis soir surtout, quand parfois j'en ai marre des chiens, des femmes, de ma vie de paumé, et que je sors boire un whisky.

Ces soirs-là, comment dire ? Je laisse aller.

Je vais m'asseoir au pub. La faune y est hétéroclite. Cela me convient. On se perd, dans la jungle. Qui m'aime me trouve. Et si l'on me verse à boire, je bois. Autrement…

— Garçon… Whisky !

J'avale. Et je me noie de l'ambre qui coule en moi.

Je reste seul, accoudé au comptoir. Le charme juvénile du barman agit sur moi tout autant que l'alcool. Il me grise.

Se présente-t-il une fille aux seins lourds, à la bouche pulpeuse, aux hanches larges et accueillantes ? Je la renvoie. Gertrude a été l'exception. Allez savoir pourquoi.

Ce que j'aime, moi, ce que je chéris plus que tout aux heures brèves de la nuit, jusqu'à plus soif et fermeture, c'est le garçon.

— Whisky !

Face au miroir

Te voilà encore devant la glace. Jolie comme toujours. Un peu plus aujourd'hui. Tu te regardes. Tu replaces une mèche de cheveux retombée sur ton front. Tu ajustes une boucle à ton oreille. Tu recules un peu, prends la pose, admires l'effet de cette robe que tu n'as jamais encore portée pour moi.

Ce n'est pas à moi que sourit ton reflet. C'est à lui.

Tu crois que je ne sais pas. Mais oui, je sais. Il a suffi de quelques mots. L'écran de ton téléphone s'est éclairé. Il était là. Renaud. Tu étais sous la douche. Mon regard s'est attardé sur l'appareil. Plus qu'il n'aurait dû. Un cœur. Un tout petit cœur soufflé des lèvres d'un joyeux petit bonhomme jaune. L'émoticône qui annonçait le drame. Juste au-dessus, quelques mots : *J'ai hâte. Tu porteras une petite culotte, ce matin ?*

Tu as un amant. Et c'est mon frère.

J'ai retourné le téléphone sur la table. Nié l'évidence. Insupportable. Assassine. Machinalement, j'ai continué à préparer ton petit-déjeuner. Versé ton café.

Beurré tes toasts. Tu m'as rejoint à la cuisine. Pressée comme toujours. *Merci, t'es chou. Mais je ne déjeunerai pas, ce matin. Pas le temps.*

Tu te précipitais dans ses bras et je ne disais rien. L'émotion m'étranglait. Le déni me paralysait.

T'as l'air drôle, as-tu dit. *Mais non, pourquoi tu dis ça ?* ai-je répondu. *Ah bon*, as-tu ajouté.

Tu t'es arrêtée un instant. Tu m'as observé. T'es-tu demandé, alors, si j'avais deviné ? Hésitais-tu, tout à coup ? Éprouvais-tu l'ombre d'un remords ? Si oui, tu l'as bien vite écarté. J'ai eu droit à un demi-sourire. À un très léger baiser sur la joue. Tu es sortie et tu as refermé la porte. Sur dix ans d'un bonheur tranquille.

Je n'ai jamais aimé mon frère. Il est rustre. Se croit drôle. Occupe toute la place dans les réunions de famille. Boit trop. Parle fort. Attire l'attention sur lui.

C'est vrai, il est beau. J'aime dire qu'il me ressemble. Agent d'artistes, il a un job à faire rêver. Il mène la grande vie. Les soirées mondaines, la télé, tout ça te plaît bien. Tu as toujours eu un faible pour lui. Moi, il ne m'impressionne pas. Je lui ai toujours trouvé l'air faux. Une arrogance. Le genre *m'as-tu-vu*. Mais c'est mon frère.

Ton amant.

Il s'est toujours cru trop fort. Il l'était peut-être. N'est-ce pas vers lui que tu voles, ce matin ?

Je n'appellerai pas au bureau, dans une heure. Tu ne répondrais pas, bien sûr. Tu n'y seras pas et je saurai alors que c'est bien vrai. Il est de ces douleurs que l'on doit s'infliger deux fois pour y croire vraiment, mais ce n'est pas nécessaire, ce matin. Je sais où j'en suis.

Je ne pleurerai pas. J'irai travailler. Et ce soir, à ton retour, je ferai encore semblant de rien. Comme toi. Autrement tout volerait en éclats, n'est-ce pas ? La maison. Les enfants, trop jeunes pour comprendre. Ma mère, qui a mis au monde Caïn et Abel. Elle mourrait de chagrin si elle savait.

Il me ressemble, ton amant. Forcément. Il a mes traits. Mon sang. Pourquoi lui, alors ?

Je le connais. Il ne sera que de passage dans ta vie. Tu verseras des larmes ce jour prévisible où il te plaquera pour une autre – et tant d'autres après.

Je te connais. Tu reviendras vers moi. Tu chercheras dans mes bras le réconfort. L'oubli. L'amour échappé.

Je me connais. Je serai là, encore et malgré tout.

Je ne suis pas le miroir de mon frère. Je n'ai pas d'amour-propre, moi.

C'est toi que j'aime.

Et l'amour ?

Qu'est-ce que tu fais ? Non...

Le soleil darde les rues de la ville de ses rayons brûlants. Sous l'humidité accablante, les chemisiers collent à la peau. Ce jour de l'été soixante-dix marquera les annales. Ils ont eu chaud. Après le souper, certains ont pris une douche, d'autres ont simplement délaissé leurs vêtements mouillés de sueur, enfilé un chandail plus léger. Après s'être rafraîchie, Nicole a revêtu son plus joli chemisier blanc, piqué d'un rien de dentelle au col. Elle a aussi choisi un short pour venir retrouver Jean-Pierre au parc.

Jean-Pierre, beau comme un cœur ! Si gentil avec elle. Chaque jour, depuis qu'elle a bu un coke avec lui et quelques amis à la porte du dépanneur du coin à la fin des classes, il lui répète qu'il aimerait bien sortir avec elle. Qu'il la trouve belle. Elle rougit quand il dit ça. Seulement, elle hésite. Il a dix-sept ans, elle en a quatorze.

Non. S'il te plaît...

L'amour, le vrai, ça ne se commande pas. Ça n'apparaît pas au détour d'un *je t'aime* le premier jour. Ça doit germer, mûrir, grandir. Voilà ce que pense Nicole. Elle aime tout de même que Jean-Pierre la complimente, effleure son épaule, la regarde « avec ces yeux-là ».

Pensant à lui, ces derniers jours, elle a imaginé un futur à deux, les pique-niques sur le mont Royal, le cinéma, le parc Belmont, les journées à la plage. Plus tard, un souper avec la famille, la confirmation de leur amour. Plus tard encore, un appartement, la vie de couple – qui sait ? C'est bon de penser qu'on sera aimée et qu'on aimera en retour. Mais pour l'instant, ce ne sont que des romances.

Je suis pas prête.

Pendant qu'elle se prépare à quitter la maison pour aller le rejoindre, elle se dit que si Jean-Pierre est doux et prévenant tout à l'heure, si l'occasion se présente et si elle se trouve dans de bonnes dispositions, elle consentira volontiers aux baisers et aux douces caresses qu'elle espère comme on rêve tendrement sa toute première expérience amoureuse. À cette seule idée, Nicole ressent un chatouillement dans le ventre et sourit au miroir de sa chambre.

La glace, tout à coup, semble près de se briser aux rappels nasillards de sa mère :

— T'as besoin de pas rentrer trop tard. Je veux pas que les voisins pensent que t'es une petite traînée.

— Oui, maman. Pas trop tard. T'inquiète pas. Pis je suis pas une traînée.

Elle est comme ça, sa mère. Envahissante. Contrôlante. Toujours à s'imaginer des choses. À la voir comme une fille pas comme il faut. Elle n'est pourtant pas une mère exemplaire, sa mère. Il s'en faut de beaucoup. Combien d'inconnus a-t-elle ramenés à la maison au retour de soirées arrosées ? Sait-elle seulement que l'un d'eux a essayé de la prendre, elle, sa fille, après qu'elle se fut endormie, assommée d'alcool ?

— Je m'en vais. Je rentrerai pas tard.

De petits interdits s'annoncent au parc.

— On va jouer à la cachette BBQ ! a crié Ginette avant que le groupe se sépare en après-midi.

Elle lui a rappelé, comme si cela était nécessaire :

— Tu te caches et si on te trouve, tu dois te laisser embrasser. Ou faire… ce que tu veux.

Je veux pas.

Nicole sort de chez elle. S'engage dans la rue encore animée. Salue au passage le laitier qui rentre chez lui et le voisin qui tond son gazon. Elle traverse la rue. Gagne le terrain de balle.

Arrive Jean-Pierre sur sa bicyclette Mustang à siège banane, trop petite pour lui.

— Salut !

Il laisse tomber sa monture sous les estrades, saisit la main de Nicole et l'entraîne vers le boisé.

— On n'attend pas les autres ?

— On prend les devants. Ils n'auront qu'à nous chercher. J'ai une bonne cachette.

Attends...

Jean-Pierre et Nicole atteignent le bosquet des vinaigriers, tout près du terrain de jeux où s'attardent un enfant et sa mère.

— On va nous voir ! souffle Nicole.

— Non, non, c'est bien correct, ici.

Jean-Pierre se laisse tomber au sol sous les branches, entraîne avec lui Nicole et s'étend sur elle. Il plaque ses lèvres sur sa bouche.

Indisposée par la brusquerie du geste, Nicole tourne la tête.

Arrête. S'il te plaît...

D'un geste qui ne tolère pas de résistance, il ramène vers lui le visage qui fuit, presse les lèvres, force l'entrée de sa langue dans la bouche. De l'autre main, il entreprend de déboutonner la jolie blouse à dentelle. Glisse une main sous le bustier. Enveloppe le petit sein frémissant. Ne se contient plus. S'excite.

Entreprend de détacher le short, puis abaisse son propre pantalon, et…

Arrête ! Tu me fais mal !

Nicole y rêvait depuis si longtemps. Mais voilà qu'elle sent monter les larmes tandis que Jean-Pierre s'affaire maladroitement. Réduite à la passivité sous le poids de l'insistance, elle ne voit plus au-dessus d'elle que les branches des vinaigriers qui s'agitent.

Sans regarder Nicole, Jean-Pierre finit par se relever. Remonte son pantalon. Lui tend un papier mouchoir tiré de sa poche. Il avait prévu le coup.

Je me sens sale…

— T'as aimé ça ?

Elle ne répond pas.

Maman, je suis pas une traînée…

— Je vais t'attendre là-bas, dit Jean-Pierre.

Puis il s'éloigne.

Encore étourdie, Nicole se relève à son tour. Il manque maintenant à son short un bouton, qu'elle ne cherche pas dans l'herbe.

Dans les estrades, Jean-Pierre a retrouvé les copains, Ginette, Jacques et Luc, arrivés entre-temps. Ils discutent un moment. Nicole sort des fourrés.

Elle s'approche. Jean-Pierre fait signe à l'un des garçons de céder sa place. Celui-ci se lève. Nicole s'assied. Jean-Pierre passe un bras autour de son épaule.

Ginette, qui les a vus tous les deux sortir du boisé, fixe Nicole, qui rougit mais soutient son regard.

Ne pas pleurer.

Tout le monde sait, désormais. Jean-Pierre vient de le leur annoncer : Nicole et lui forment un couple.

Bientôt une famille.

Mais ça, personne ne peut le savoir encore.

L'appartement

— Ben dis donc ! C'est pas dans un univers comme celui-là que j'imaginais ton cousin…

Marie-Jo dépose sur la table à café le bouquet acheté chez la fleuriste. Réplique à son mari que tout le monde n'a pas forcément les mêmes goûts que lui en décoration. Guillaume n'ajoute rien. Il n'est pas d'humeur à discuter cuirette et murs rouge sang. Ces couleurs criardes, la déco éclatée, les sculptures métalliques, c'est trop pour lui.

Il ne voulait pas venir. Marie-Jo a insisté et les voilà introduits chez un inconnu. Enfin, presque. Un vague cousin perdu de vue depuis des lustres.

Il va arriver d'une minute à l'autre, explique Marie-Jo pour la troisième fois. Son cousin a laissé la porte déverrouillée pour leur éviter d'avoir à poireauter dehors en plein hiver. Le temps d'aller acheter le vin qu'il a oublié.

Marie-Jo n'écoute pas les jérémiades de son mari. Elle est heureuse à l'idée de revoir ce gentil garçon croisé avec bonheur au centre commercial, il y a quelques jours. Il rentre d'un exil au Brésil. Ils se sont entendus pour faire de leurs retrouvailles un moment festif. Le reste n'a pas d'importance.

Guillaume fait quelques pas dans le logis. Considère une toile en grimaçant. Attire l'attention de sa femme sur le portrait, immense, sur le mur. Celui d'un homme en érection.

— Ton cousin, il est gai, décrète-t-il.

Et alors ? Marie-Jo ne prend pas la peine de répondre. Son mari ne tient plus en place. Il se dirige vers le bar.

— J'en ai assez. Je me prends à boire.

Marie-Jo le semonce. Le trouve impoli. Mais Guillaume a déniché un scotch à son goût et s'en verse un verre.

— Ce qui est impoli, répond-il, c'est de ne pas être à la maison quand les invités arrivent.

Son whisky à la main, Guillaume erre dans le salon. Un vêtement sur le canapé attire son attention. Il s'en saisit et l'examine. Un slip. En cuir. Orné de clous. Il le rejette aussitôt. Essuie machinalement ses doigts sur son pantalon.

Il continue l'exploration des lieux. Jette un regard dans la pièce voisine.

— Un vibrateur sur le lit, maintenant !

Il ne va quand même pas entrer dans la chambre à coucher ? Marie-Jo s'insurge, mais son mari n'en fait qu'à sa tête.

Elle se détourne. Va à la fenêtre du salon. Dehors, une auto se gare le long du trottoir. Un conducteur en sort. Ce n'est pas encore son cousin.

Au même instant, *ding !* Un texto. Marie-Jo sort le téléphone de son sac à main.

– C'est lui ? demande Guillaume, qui se ramène. Dis-lui qu'il a vingt minutes de retard et que ton ivrogne de mari va bientôt se servir un deuxième verre.

– Non. Trop bizarre.

– Il va comprendre, t'en fais pas. On ne va quand même pas l'attendre indéfiniment en se tournant les pouces ! Il est pas là, alors…

– Ben justement. C'est ça qui est bizarre.

– Quoi ?

– Il est là.

– Où ça ?

– Il nous attend. Chez lui…

Refermer la porte

Elle n'a jamais su refermer une porte. Pas même un tiroir. Que fera-t-elle de Jérôme ? Elle et lui forment un couple voué à l'échec.

Elle laisse tout traîner. Son manteau, sa bourse, ses clefs. Elle est comme ça. À prendre ou à laisser.

Au fil des mois, ses sentiments pour lui ont décliné. Lui aussi, maintenant, elle le laisse traîner. Elle l'oublie comme on oublie la poussière sous les meubles.

Elle doit se résoudre à l'idée : il n'est pas celui dont elle avait rêvé.

Un soir de l'automne dernier, elle l'a invité à prendre un verre. Il était gentil et beau garçon. Peu entreprenant, c'est vrai, mais cela pouvait se corriger. Ils se sont embrassés, aimés maladroitement, redonné rendez-vous. Une fois encore, et puis de plus en plus souvent. Cette relation lui convenait. Il n'était pas pour autant la perle rare espérée. Aussi a-t-elle hésité quand il lui a proposé de venir s'installer chez lui. Mais la proposition tombait à point, son proprio venait de lui signifier la fin de son bail. Elle a choisi le moindre mal. Par opportunisme et pour ce qui pouvait ressembler à de l'amour.

— T'as oublié de refermer derrière toi, lui a-t-il fait remarquer dès les premiers jours. Et ne te laisse pas traîner, s'il te plaît.

Elle avait oublié une culotte sur le porte-serviettes de la salle de bain. C'était faire grand cas de peu de choses. Et le contrôle, elle ne supporte pas. Mais elle n'a rien dit. Il leur fallait un temps d'adaptation.

Les remarques ont continué, bientôt insistantes.

Des mois ont suivi des semaines sans joie. Lui semblait s'en accommoder. Pas elle. Les reproches revenaient constamment pour une porte entrouverte, une savonnette oubliée sur le rebord de la baignoire... À croire que cet homme n'avait pour toute préoccupation que ses petits travers sympathiques.

Ces derniers jours, elle en a pris conscience : elle et lui ne sont pas faits pour vivre ensemble. Elle le lui a dit ce matin. Elle sait qu'une meilleure communication et une plus grande tolérance de part et d'autre auraient pu éviter la déconfiture du couple. Elle sait surtout qu'elle a commis une erreur en cherchant le profit de cette union hasardeuse. Le moment est venu de mettre un terme à l'aventure.

Mais comment tourner la page sur une vie boiteuse à deux ? Ça, elle ne sait pas.

Alors elle reste dehors, sur le balcon, de l'autre côté du seuil qu'elle vient de franchir sans grande assurance tandis que lui, resté assis au salon, espère sans doute un retournement de la situation, tout improbable qu'il soit.

Elle part, lui redit-elle. Reviendra chercher ses effets plus tard. En son absence. Mais elle reste là, tournée vers lui, sa petite valise à la main. Elle s'en va, répète-t-elle encore pour se donner à elle-même le signal du départ et le courage qui lui manque.

Elle doit maintenant se résoudre à lui tourner le dos, descendre l'escalier menant à la rue, gagner son automobile, quitter le quartier.

Oui, mais pour ça, elle doit d'abord refermer la porte.

FATALITÉS

La nuit du chien

Un chien. Molosse aux yeux de feu. Et puis son ombre, immense, sur le mur. Une autre aussi. Bête à deux dos.

Je le sais. C'est arrivé.

Il faut me rappeler. Mais ne pas trahir le secret qui me hante. C'est un pacte avec moi-même, renouvelé ce soir dans les vapeurs d'alcool et la fumée d'opium.

Nous autres, écrivains, sommes rompus à l'art de faire surgir, nés de rien, des mondes imaginaires. Mondes de déraison. Il arrive que nos esprits, à la dérive, créent des univers abjects. Faut-il boire le sang et manger la chair ? Repaître des restes du repas ceux qui réclament l'inédit, lecteurs avides d'immondices ? Et si cela était ? Si nous étions capables du pire ?

Décadence : voyez ce mot qui danse. Il nous faut bien le connaître pour l'écrire sans faute.

Je lève mon verre. À nous, ténébreux poètes du verbe affolant. Et à l'agneau sacrificiel.

Mais d'abord, retournons un peu dans l'âtre les braises rougeoyantes qui recouvrent ses cendres. En reste-t-il de ce soir-là ? Redonnons souffle aux flammes, qu'elles digèrent ses reliquats.

Mon verre est vide encore et la bouteille gît sur le bois déverni du parquet, tel un cadavre.

Perdu au cœur des Laurentides, je suis revenu sur la scène du drame avec vous, mes fraternels fantômes. Nous voici réunis pour exorciser le rêve – en était-ce bien un ?

Allons. Trouvons encore à boire et à fumer. Réécrivons l'histoire. Tuons une fois pour toutes cette ombre sur le mur, ce chien, nous-mêmes à la lueur du feu. Oublions cette nuit-là. C'est trop atroce.

Cela ne s'est pas produit. Nous n'étions pas là. Nous n'avons pas attisé le bûcher pour immoler l'objet de nos péchés. Nous n'avons pas gagné la forêt après la nuit pour y répandre sa poussière.

Cet enfant-là n'a jamais existé.

Nous sommes écrivains. Nous l'avons inventé.

Trahisons

Je suis l'arme du crime. L'objet de ta mort imminente. Il m'a chargée d'un message pour toi par projectiles interposés. Tu es de trop.

Je ne suis qu'un instrument entre ses mains. Tu n'as rien fait pour mériter ça, c'est vrai. Il t'a trahi, voilà tout. Ta femme aussi.

Elle ignore que tu ne reviendras pas ce soir. Lui, ton ami, jouera tantôt celui qui ne sait pas. Il prétendra te chercher. Consolera ta bien-aimée. Sa maîtresse.

Trois balles. Deux dans le cœur, une dans la tête. Il insinuera plus tard que tu magouillais. Que tu trafiquais en eaux troubles. Qu'il n'en avait jamais parlé par respect pour votre amitié. Personne n'y croira d'abord, à cette histoire de règlement de comptes par des inconnus. Mais on la répétera. Et la rumeur deviendra vérité. Entachera le souvenir que tes proches garderont de toi.

Il a son plan. Il l'a si souvent répété à voix haute, le soir, avant de s'endormir. Ça se passera dans les flaques d'eau sale au fond d'une ruelle. Il te dira qu'il veut te parler « en lieu sûr », sans vouloir te dire pourquoi. Il est si facile de piéger ceux qui nous aiment. Qu'on envie. Qui font obstacle au bonheur convoité.

Tu ne te méfieras pas. Il te baisera. Comme il a baisé ta femme avant toi. Il te l'avouera tantôt, mais tu l'auras bien vite oublié, crois-moi.

On pourrait imaginer la suite. Dans un jour ou deux ou dans un mois, apprenant qu'elle a été dupée, celle qui t'aimait maudira l'amant d'un soir et le tuera dans son sommeil. Elle se débarrassera de moi comme de lui. Je terminerai mes jours au fond d'une rivière avec deux morts sur la conscience, espérant ne jamais être retrouvée. Par empathie pour ta femme et pour toi.

Mais…

Si, par un fameux coup du destin – ou par pur caprice, cela se produit parfois –, je m'enrayais ? Tu imagines la tête qu'il ferait alors, ton « ami », juste après ses aveux, le doigt sur la gâchette, soudain dérouté, deux gouttes de sueur au front, les yeux écarquillés ?

C'est ainsi que pourraient se passer les choses. Un revirement comme on n'en voit que dans les romans policiers. Ce serait un coup fumant, l'odeur de poudre en moins. Et plus honorable pour moi, convenons-en.

Tu pardonneras à ta femme, dis ?

D'homme à homme

J'enterre les morts. Personne ne le sait. Tu le dirais, toi, que c'est ton métier d'enfouir des cadavres ?

Attends, là. Je n'ai pas dit que j'étais directeur de pompes funèbres. Ça, ça se raconte. Non. Moi je travaille dans l'ombre. Mon job, c'est de faire disparaître les corps. Ceux de la racaille éliminée par Gauthier et sa bande.

Tu y es ? C'est ça, mon boulot.

Ne saute pas aux conclusions. Je ne tue personne. Je ne ferais pas de mal à une mouche. Disons simplement que je me rends utile. Je dispose de la vermine. Tu vois ? Ça en fait presque un travail honnête.

Ceux que j'efface sont des crapules. Enfin, pas toujours mais presque. De petites frappes la plupart du temps. Je te confierais bien qu'il m'est arrivé de rayer de l'annuaire du téléphone de gros noms, il y a des années de ça. Mais on ne dit pas ces choses-là. Je n'ai rien vu, rien fait, quoi… Ça n'est jamais arrivé.

Voilà pourquoi je vis sans crainte. D'abord, je suis habile. Tu ne retrouveras jamais ceux qu'on m'a chargé de balayer sous le tapis. C'est pour ça que je pratique depuis si longtemps ce métier – car c'en est un, crois-moi. Et ça paie bien. Mais il faut savoir y faire.

C'est mon oncle Freddy qui m'a appris. Tu ne l'as pas connu. Je n'étais pas encore un homme, tu vois.

– Tu veux te faire quelques dollars ? il m'a dit.

Je savais qu'il trempait dans des affaires louches. Mais le louche, moi, ça ne m'a jamais fait peur. Il n'y avait que ça dans ma famille. Je voulais passer chez les grands et gagner de quoi payer les cigarettes et sortir les filles.

– OK, j'ai dit.

– OK, il a dit en me tapotant la joue. Mais tu fermes ta gueule.

– OK.

Je l'ai toujours fermée. Même ce jour où l'oncle Freddy s'est fait prendre. Et qu'on m'a montré des photos de lui, de moi et de Barney, le caïd du coin, tous assis autour d'une bière dans ce bar où venait d'être tué Paulo dit « les gros bras ». Ils ont eu beau m'intimider à grands coups de poing sur le bureau, leur nez à quelques centimètres du mien, je n'ai rien dit. Même quand ils m'ont tapé dessus, j'ai fermé ma gueule.

— Je suis qu'un enfant, j'ai dit. Je sais rien. J'ai rien vu. Rien entendu.

— Je te crois pas ! criait l'enquêteur, la lèvre du haut retroussée sur ses dents de carnassier.

Il ne m'a pas cru, bien sûr. Mais il n'a pas su non plus. Et ça, ça compte, tu vois ? Ce jour-là, je me suis fait un nom.

Deux ans plus tard, tu venais au monde. Tu imagines comme ça fait longtemps ? Eh bien, c'est ça. Je fais ce boulot depuis trop longtemps.

Tu me vois venir ? C'est à ton tour, fiston. Viens. Je vais te montrer.

J'en ai un dans le coffre.

Portrait de famille

C'est un lugubre portrait que je devais faire là. Un jeune homme, sa sœur et un enfant. Mes voisins. Tous avaient les yeux fermés. Tous les trois étaient morts.

C'est le grand-père des enfants – arrière-grand-père du petit – qui est venu me chercher. Complètement hébété, il s'est présenté au petit atelier de photographe aménagé derrière ma maison. J'ai ouvert. Il est resté sur le pas de la porte et sans invitation s'est lancé dans un discours confus. Des phrases incohérentes évoquant la présence de cadavres, le châtiment, le sommeil éternel...

– Ils ne respirent plus et ça fait longtemps. Il faut venir prendre des photos, il a dit.

Je l'ai prié de m'attendre à l'extérieur, le temps de prendre mon appareil et de fermer boutique. Derrière la porte, j'ai décroché le téléphone et composé le 9-1-1. Puis j'ai suivi mon voisin chez lui. Je ne sais trop, encore, comment j'ai pu garder mon sang-froid.

Les corps gisaient dans le salon, sur un tapis poussiéreux et entourés de meubles anciens.

— Monsieur Thomas, j'ai dit, vous ne croyez pas qu'on devrait attendre la police ?

— Non, mon garçon. Je les ai rassemblés. Fais la photo.

Il semblait déconnecté. Ne pleurait pas. Ne criait pas. Agissait le plus anormalement du monde.

D'un geste de la main, il m'a pressé de procéder.

J'ai pris trois clichés. Un de chacun des visages déjà gris. Puis un quatrième, représentant les corps réunis côte à côte dans une étrange mise en scène.

Il n'y avait autour des victimes aucune trace, ni de sang ni de lutte, qui aurait pu expliquer ce qui s'était passé. Juste trois corps. Deux grands et un tout petit. Refroidis. Soigneusement alignés. Les mains jointes.

Ces gens étaient morts, c'était la seule certitude. Et c'était un sinistre tableau de famille.

Le vieux Thomas a touché mon coude. Puis, du bout de l'index, il a attiré mon attention sur un détail qui lui paraissait important.

— Je leur ai mis un chapelet entre les doigts. On ne peut pas entrer au ciel sans chapelet.

Je m'étais attardé aux visages. Je détaillais maintenant les doigts, prisonniers des cordons de dévotion enfilés de grains et au bout de chacun desquels pendait un petit crucifix.

— Ils dorment, a dit le père Thomas.

— Je pense plutôt qu'ils sont morts.

— Bien sûr qu'ils sont morts, qu'est-ce que tu crois ? a-t-il répliqué.

Il m'a fait dos et s'est déplacé de quelques pas dans le salon. Les mains dans les poches, il a appuyé son front à la fenêtre. Son regard s'est perdu. Il s'est mis à réciter des phrases sans suite. Puis un éclair de lucidité a semblé le traverser.

— Ils arrivent, a-t-il dit. J'entends les sirènes.

Il n'a plus bougé. Il n'a pas répondu quand je lui ai demandé où était sa femme.

Je me suis rendu au fond de la petite maison suivant le corridor étroit. Dans la dernière chambre, la vieille Yvette « dormait », elle aussi. Un missel entre ses mains jointes.

Quand les policiers ont fait irruption, arme au poing, je me suis tout de suite identifié. On m'a demandé ce que je faisais là avec mon appareil photo.

J'ai dit ce que je savais de l'histoire telle que me l'avait racontée le vieux Thomas. Du moins ce que j'avais pu comprendre de ses propos décousus. Le frère qui avait engrossé la sœur. L'enfant né de l'inceste. L'arrière-grand-mère du petit, étrange herboriste, rigide et bigote, qui n'avait pas toute sa tête et croyait sa famille damnée. Thomas, patriarche ténébreux, tuteur des enfants, qui s'était présenté chez moi comme si nous avions l'habitude du bon voisinage et m'avait demandé avec insistance de venir prendre des photos des « différents visages de la Bête ». J'ai dit comment j'avais conclu que lui ou sa femme, ou les deux en une commune déraison, avaient commis un crime affreux.

Les policiers ont tout noté. Ils ont menotté le père Thomas. Il s'est laissé faire. On l'a conduit au poste.

Sur la table, les policiers ont trouvé une carafe et quatre verres. On aurait dit de l'eau. Mais non. De la ricine. Une note manuscrite écrite d'une main tremblante sur une fiole laissée là en témoignait. L'analyse s'imposait, mais on devinait la cause du décès.

Les policiers ont fait évacuer les lieux. Ils ont confisqué mon appareil photo. Je m'y attendais. Avant leur arrivée, j'en avais retiré la carte mémoire et l'avais remplacée par une autre. Vierge de toute image. Réflexe de vieux journaliste.

Je suis rentré chez moi tandis qu'arrivaient au domicile du père Thomas les équipes spécialisées de la police et un fourgon mortuaire, puis un autre. Tout ce monde s'est affairé jusqu'au début de la nuit. Quand il n'est plus resté personne, j'ai gagné mon atelier. J'ai imprimé les photos des corps. Les ai encadrées. Accrochées au mur.

Trois clichés. Un de chacun des visages. Un quatrième représentant les corps réunis au salon : deux grands, un tout petit. Un cinquième, enfin. Celui de la vieille Yvette sur son lit. Les yeux clos. Un troublant sourire aux lèvres.

Il me manque une photo. Celle du père Thomas.

On la trouvera sûrement dans les journaux demain.

La confession

Il est entré au journal par la grande porte. Je l'ai vu s'approcher mais j'étais distrait par un texte à l'écran. Je n'arrivais pas à conclure. Il a planté sur mon bureau deux bras noueux couverts de tatouages.

Mais j'en ai vu d'autres et des pires. J'ai levé la tête lentement. Il portait une camisole. L'une des bretelles était tachée de rouge. Sous-vêtement crasseux, humide et collant à sa peau. Quelques poils en émergeaient près du cou, écrasés par une lourde chaîne et des breloques dépolies. J'ai fixé le type droit dans les yeux. Il me fallait le convaincre que j'étais maître de la situation.

— Qu'est-ce que je peux faire pour vous ?

Il n'a pas répondu tout de suite. J'ai pensé : *il va me sauter dessus.* C'est déjà arrivé à un collègue. Un petit voleur à la semaine condamné à six mois de prison s'était amené à la rédaction avec son avocat. On ne s'est pas méfiés. Il s'est rué sur mon confrère. Avant qu'on arrive à le maîtriser et à faire intervenir la police, il lui avait administré une raclée pour l'avoir fait mal paraître dans un reportage.

Le type que j'avais devant moi était de cette engeance. J'en étais sûr. Il m'a jaugé quelques instants.

— C'est toi, Felteau ?

J'ai jeté un coup d'œil à ma gauche. Borduas, photographe, était appuyé à une colonne et nous observait. J'aurais du renfort au besoin.

— Oui. C'est moi, Felteau, j'ai dit d'un ton ferme, histoire de me pas m'en laisser imposer.

— Faut que je parle à un journaliste.

— Parle-moi.

— Pas ici.

— T'es armé ?

— Oui, mais tiens.

Pour un peu, Borduas sautait sur lui. Il a vu le revolver apparaître. Mes jambes sous le bureau se sont tendues comme des ressorts. Mais il n'y avait pas de quoi s'énerver. L'arme n'était pas pointée sur moi ni personne.

— OK. Dou-ce-ment, j'ai fait. Tu déposes ça… Tu veux t'en débarrasser ? Il y a une poubelle dehors. Tu me parleras après.

— Juste nous deux ?

— Juste nous deux.

D'un signe, Borduas m'a fait comprendre qu'il allait appeler la police. J'ai fait non de la tête. Ça n'était pas la première fois qu'un criminel recherché, craignant d'être battu par les policiers, au poste, se livrait au journal. Suivant l'usage, il demanderait à être photographié à poil pour que nous détenions, et lui aussi, une preuve que son corps ne portait aucune marque de violence avant qu'il ne soit amené en cellule.

Il a déposé l'arme sur mon bureau et fait un pas vers moi. Il voulait cet entretien maintenant.

— Je viens de tuer mon frère.

— Quoi ?

— Ma mère aussi... Et mon père.

Je l'ai entraîné dans un bureau inoccupé et j'ai refermé la porte.

— Qu'est-ce que tu attends de moi ? j'ai demandé.

Durant une bonne heure, d'un ton monocorde, il m'a raconté.

Son père et ses frères avaient abusé de lui durant toute son enfance. L'avaient roué de coups. Enfermé. Jouet sexuel entre leurs mains, il n'avait jamais eu de répit. On avait fait de lui un monstre. Devenu adulte, il avait réagi en conséquence. Volé. Frappé. Violé, à son tour. Remis au centuple ce que lui avaient fait subir les hommes de sa famille sous le regard aveugle de la mère.

Il avait payé cher cette vengeance. Bien avant le juge, des policiers l'avaient condamné. L'avaient tabassé, en cellule. Forcé à avouer ses crimes – et d'autres qu'il n'avait pas commis.

En prison, il avait été violé encore. Il avait purgé une peine de quatorze ans, parfois sous entraves parce qu'il faisait la mauvaise tête. Rien de nouveau pour lui, les chaînes. Son père et ses frères l'attachaient à son lit quand il n'avait encore que huit ou neuf ans. Ils le gardaient ainsi jusqu'à ce qu'il souille son matelas et demande grâce. La gorge sèche. L'estomac vide.

J'ai écouté religieusement son récit. La torture de toute une vie. Quand il a eu fini, un silence s'est installé entre nous. Plus fort qu'un cri.

Après avoir tout vomi, il m'a dit que le temps était venu de prévenir la police. Reddition sans conditions.

— Pas d'avocat, a-t-il ajouté.

J'ai téléphoné. Le répartiteur a répondu qu'il nous envoyait des agents et deux enquêteurs de la brigade des homicides. Nous les avons attendus, assis dans le hall d'entrée du journal.

L'arrestation n'a pas eu lieu.

Quand les officiers se sont présentés, l'homme s'est dressé. Ils se sont approchés. Il a levé le poing et tiré à travers la vitrine. Deux policiers sont tombés. Les deux autres ont répliqué. J'ai reçu un projectile à l'épaule. Et des éclats de verre au visage. Je me suis affaissé. Criblé de balles, l'homme s'est écroulé sur moi. Un fleuve de sang tiède s'est répandu sur ma poitrine. C'était le sien. J'ai aperçu l'arme dans sa main entrouverte, paume vers le ciel. Je n'avais pas vu qu'il l'avait reprise. Je n'avais pas compris qu'il s'agissait d'un suicide assisté.

Il en avait eu marre de la vie et s'était confessé de ses fautes.

Pas repenti pour autant.

Le pochard

— Merde ! Tu vomis partout. C'est pas vrai...

Raoul s'était juré de ne plus faire monter de clients dans son taxi à la sortie des bars. Mais il a besoin d'argent pour son petit voyage en Floride. C'est heureux, il y a affluence, ce soir. Dans quelques heures, à ce rythme, il aura amassé ce qui lui manque.

Il l'a promis à Rita et aux enfants. Trois jours de route et de petits motels, trois jours de plage et retour. Les enfants n'ont jamais vu la mer. Il fera chaud, promis. Mais pour ça, il faut ce qu'il faut.

Raoul patrouille rue Saint-Denis. Ce qu'il trouve à cette heure tardive, c'est un poivrot que le videur du bar, péremptoirement, a fait grimper dans sa voiture. Raoul n'a pas osé rouspéter. La belle affaire.

— Il te reste un peu de *cash*, au moins ? demande le chauffeur sans se retourner, ouvrant grande sa fenêtre pour aérer.

— Ouais... répond l'autre.

— Je t'avertis : y aura dix piastres de plus pour la cochonnerie que tu viens de me faire.

Raoul essaie de ne pas se laisser contrarier. Il pense aux enfants qui, ce soir, ont préparé leurs bagages. Ils se sont couchés la joie au cœur. Fébriles à l'idée du départ pour les vacances, au réveil.

À bord du taxi, le client mâchouille.

— Laisse-moi là, j'habite pas loin…

Trop heureux de s'en débarrasser, Raoul décide de mettre fin à sa tournée nocturne. Il stoppe. Ne rallume pas le dôme lumineux de son taxi. Sort de l'auto. En fait le tour. Ouvre la portière du passager.

Il recule en grimaçant. Le temps de laisser s'échapper les vapeurs nauséabondes qui montent de l'habitacle.

— T'as encore vomi sur toi, mon cochon !

Raoul saisit le type par un bras et l'extirpe sans ménagement. L'homme titube. Il fait deux pas, s'empêtre dans un sac à ordures, perd l'équilibre et s'écroule sur le trottoir. Sa tête heurte une borne-fontaine. Il grogne mais ne fait pas l'effort de se remettre sur pieds. Bah ! Ce n'est pas ça qui le tuera. Il se relèvera quand il aura cuvé son vin.

Le chauffeur fouille les proches du client.

— T'as rien que dix piastres !

Raoul s'empare de l'argent et, frustré, envoie un coup de pied dans les jambes du client effondré.

La nuit vient de finir. Le chauffeur reprend le volant, se retourne et jette un coup d'œil à la banquette arrière. Quelques gouttes d'une pâte grumeleuse sont restées sur le siège. Tout le reste s'est agglutiné sur le pantalon de l'ivrogne. Ça aurait pu être pire.

Toutes vitres ouvertes, il quitte les lieux. Raoul regagne son trois et demie, ses enfants, sa femme et son livre de voyage. À l'aube, la petite famille partira comme promis.

•

On sonne. Rita se lève. Va répondre. Elle revient à la chambre, tire son mari du lit. On le demande à la porte. Raoul, comateux, les yeux rougis par le manque de sommeil, se lève et franchit avec peine la distance de son lit à l'entrée de l'appartement.

— Mort. Comment ça, mort ?

Raoul est atterré. Un témoin l'a vu frapper et fouiller la victime. Il a fait le 9-1-1.

Dans l'entrée, tandis qu'il revêt sa chemise, enfile son pantalon et ses chaussures, surveillé de près par deux agents de police, Raoul balaie machinalement le plancher du regard.

Près de la porte, un petit parasol, les transats, un ballon et les serviettes de plage.

Nature morte

C'étaient des gouttelettes de sang qui suintaient de la toile. Il en avait acquis la certitude et s'affairait à prélever le liquide sur une lamelle.

On suffoquait dans l'atelier surchauffé. Laurent Gauthier était rompu aux odeurs de putréfaction. Tout de même. Les jours de canicule, il en venait à regretter d'être médecin légiste.

Ce jour-là faisait exception, néanmoins.

Le cas était fascinant.

Mêlée à l'huile de la peinture, tranchant avec le sépia de la peau, l'hémoglobine apportait à cette œuvre dévoyée une intense vibration. C'était un chef-d'œuvre. De son œil expert, Gauthier appréciait le travail.

On ne se serait pas attendu à une sensibilité de poète chez ce scientifique. Mais s'il réunissait toutes les qualités nécessaires à sa tâche – un esprit cartésien, des connaissances médicales et juridiques reconnues, un sens de l'observation et de l'analyse poussé –, le jeune homme vouait à l'art un amour singulier. En particulier pour les portraits anatomiques de gens disséqués. Ceux qui avaient fait la renommée du peintre sicilien Fernando Vicente.

Tout à sa tâche, Laurent Gauthier préserva l'échantillon de sang recueilli sur le tableau. Le déposa en lieu sûr. S'approcha du cadavre de la jeune femme étendue sur le canapé.

Le corps était dénudé. Le modèle ne semblait pas avoir souffert. Cela étonna le légiste. D'autant plus qu'un autre fait singulier attirait son attention. Une plaie, finement ciselée, au sommet du sein gauche. Entre deux filets de sang encore humide.

Il se rapprocha.

De toute évidence, un scalpel avait été utilisé. La partie manquante de l'épiderme était très nettement découpée.

Pressentant ce qu'il allait découvrir, Gauthier se retourna. Porta son regard sur cette même partie de l'anatomie du modèle, reproduite sur la toile.

Le bout de chair y avait été transféré ! Il se confondait avec la peinture du dessin.

L'amalgame était sans faute. Par sa texture et son galbe, il conférait à la composition un réalisme hallucinant. Et pour cause. Le résultat était admirable. Le portrait et le modèle qui l'avait inspiré fusionnaient en une symbiose émouvante. Gauthier comprit que la beauté nue sur la toile et la jeune vierge assassinée partageaient le même ADN. L'une survivrait à l'autre dans l'éternité.

Les yeux mouillés, le médecin se tourna vers les policiers.

Il fallait à tout prix retrouver l'artiste.

Photos à vendre

J'en ai eu assez des oiseaux, des grenouilles et des marmottes. Je me suis mis à photographier les gens dans la rue. On m'a remarqué, approché, embauché. Depuis deux ans, j'exerce une profession lucrative. Détective. L'agence paie très bien, et c'est encore mieux quand je travaille à mon compte.

J'ai commencé pour des clients triés sur le volet. J'ai enquêté sur des divorces, des trahisons commerciales, des fraudes, de l'espionnage industriel. Photos à l'appui, j'ai démasqué des types pas réglos. Ça se termine généralement par un arrangement discret. Ou alors devant les tribunaux, où je suis appelé comme témoin.

J'ai fini par développer un sixième sens pour les bonnes affaires. Il suffit de savoir observer et c'est devenu un jeu pour moi. J'arrive à déceler ceux – ou celles – qui ont quelque chose à cacher : un travers, un secret qui, mis au jour, me rapportera un pactole ou toute autre compensation équivalente.

Le cas est classique.

Il est un peu plus de midi. Une femme se présente au bistrot. Prend place. Réclame deux menus. Cherche du regard aux tables voisines un visage connu. Rassurée de n'en trouver aucun, elle ajuste une mèche de cheveux. Un homme arrive, s'installe à sa table, lui prend la main. Elle la retire prestement. Jette un coup d'œil inquiet à la ronde. Sourit tout de même, embarrassée.

Ils commandent le repas. Un verre de vin, puis un deuxième. Les joues roses, ils baissent la garde. Se rapprochent au-dessus de la table. Imprudents, plongés dans le désir qu'ils ont l'un de l'autre, ils unissent leurs mains. Échangent à voix basse les mots qu'on devine. Règlent l'addition. Vont partir.

D'une place voisine où je m'étais attablé, je les ai repérés. Je commande un autre café. J'attends. Maintenant, ils se lèvent et sortent. Je les suis, appareil photo à la main. Je pourrais être un touriste. Ils ne me voient pas. Dans l'ivresse de l'instant, ils n'ont plus d'yeux que l'un pour l'autre.

Je leur colle au train. Ils s'enfournent dans la même voiture. Caché par un arbre, je braque sur eux mon appareil. Ils s'embrassent. Premier cliché à travers le pare-brise.

Je m'éloigne un peu. Elle sort. Referme la portière. Se rend à son auto. Il l'attend. Elle le rejoint et ils se mettent en route l'un derrière l'autre. C'est encore mieux que je ne l'espérais. Je les prends en filature. Devant l'hôtel, nouvelles photos. J'attends leur retour. Entre-temps, je note l'endroit, l'heure, les numéros de plaques (moyennant le pourboire habituel, un ami policier me refilera les informations manquantes). Le couple ressort enfin. Un dernier baiser. Une main sur la hanche. Cheveux ébouriffés. Photo. Photo. Photo.

Je suis maître chanteur. De tous les côtés, je gagne. Mes photos sont à vendre au plus offrant. Si ce n'est madame pour éviter le divorce, ce sera son mari, peut-être même son amant s'il est marié aussi. Si l'occasion est bonne et que la dame est belle, j'accepterai peut-être même d'être payé autrement qu'en argent.

Vous avez un rendez-vous galant, ce soir ? Méfiez-vous. Je serai peut-être à la table voisine.

Marteau

Laissez-moi ! Je veux pas retourner là-bas. J'ai mes pilules, on m'a dit de les prendre, je les prends. Enfin, presque toujours. Y a rien qui cloche dans ma tête. Ce qu'il y a, c'est qu'ils sont toujours là.

Ils me surveillent. Ils me harcèlent. Ils téléphonent, je décroche et ils répondent pas. Ils m'attendent dehors, alors je sors plus. C'est pas une vie, ça. Ils viennent même frapper à ma porte. Je réponds pas. Je sais ce qu'ils veulent.

D'accord. J'aurais pas dû frapper ce type. Mais il s'est mis à taper contre la porte et à crier. J'entendais pas ce qu'il disait. C'était trop fort. J'aime pas qu'on me crie dessus. Ça résonne dans ma tête. Et c'est ça qu'ils veulent, ces gens-là. Me faire peur à me rendre dingue pour ensuite me ramener là-bas. J'avais pas le choix. J'ai pris un marteau. Ouvert la porte. Frappé. Il est tombé. Je l'ai tiré à l'intérieur. Descendu à la cave. Je l'ai appuyé contre le corps du garçon venu avant lui. Ils se ressemblent. C'est ça qui est étrange. Ils ont tous le même visage.

Tiens, vous pouvez les reprendre, si vous voulez. Ils sont peut-être encore en vie.

Moi, je bouge pas d'ici. Et essayez pas de m'embobiner. Je retourne pas là-bas.

Ah, la voisine, oui. Elle est en bas, elle aussi. Mais elle, elle est morte, j'aime autant vous prévenir.

Une sournoise, celle-là. Elle avait envoyé son chat à ma fenêtre. C'est hypocrite, un chat. Je lui ai réglé son compte. Je savais bien qu'elle finirait par venir aussi. Elle faisait celle qui cherche. Mais elle savait forcément où le retrouver. Elle a monté les marches du balcon, derrière. Elle pouvait pas me voir, de l'autre côté de la porte. J'ai ouvert et ça s'est fait rapidement. Presque sans éclaboussure. Elle a eu l'air surpris, tiens.

Ça m'a calmé, tout ça. Je crois qu'ils ont compris maintenant. Ils enverront plus personne chez moi. Ça me rassure. Vous pouvez dormir tranquille. Voyez, je suis déjà plus calme. Je vous assure, j'ai recommencé à prendre mes pilules. Vous pouvez repartir. Merci de votre visite. Ça n'était pas la peine de vous déplacer. Je peux me débrouiller, vous inquiétez pas. Non... Non, j'ai pas besoin d'aide.

Vous insistez beaucoup, je trouve.

Au fait, vous êtes venue seule ?

Les oubliés

Regardez-les. Mais regardez-les donc. Leurs photos. Leurs noms. Sur une liste qui s'allonge. Mine patibulaire pour les uns. Sourire des beaux jours pour les autres. Ils sont disparus.

On les a tenus captifs, déportés, vendus, offerts, violés, mutilés ou tués et jetés dans un conteneur ou dans le fleuve. À moins qu'ils se soient ôté la vie.

On les a aperçus dans les journaux. Les premiers jours, seulement. Puis une fois l'an, à la date anniversaire de leur disparition. Il faut passer en revue le grand catalogue, désormais, pour revoir leur visage.

Voyez ce père de famille parti à la chasse. On n'a retrouvé que son camion à la porte d'un motel, il y a six ans. Rien d'autre. Pas même sa montre ou ses os.

Et ce jeune adolescent, volatilisé au retour de l'école à quelques pas de chez lui. Quartier tranquille. En plein jour. Il y a vingt ans. Il serait un homme, aujourd'hui.

Tant d'autres jamais revus après une soirée, une sortie à la campagne, une balade en auto ou à bicyclette.

J'avise une photo. Et puis non, pas celle-ci. Mauvais exemple. On lui connaissait des ennemis, à ce type. De lourds antécédents de violence. Lui, on retrouvera ou pas son cadavre dans un bloc de béton. C'est assuré. Doit-on l'ignorer pour autant ? Il avait une compagne et des enfants pour le pleurer. Un chien, aussi.

Les toutous, ça émeut toujours.

Je me demande d'ailleurs si l'on n'aurait pas eu plus de chances de retrouver le chien que le maître, si on avait affiché la photo de la bête sur un poteau de téléphone plutôt que celle du voyou dans les journaux ?

Passons.

Cette fille. Oui, celle-là, avec ses tatouages de l'enfer. La gentille maman d'une enfant en bas âge. Elle s'imposait tous les sacrifices du monde pour joindre les deux bouts. Pour offrir à sa fille une vie meilleure que la sienne. Était-elle députée, ministre, juge, journaliste vedette, policière ? Non. Serveuse dans un bar miteux. On a vite conclu qu'elle devait fréquenter des types pas comme il faut. Et puis, *elle n'avait qu'à choisir autre chose comme métier. Elle l'a un peu cherché, quoi.*

Toute réflexion qui aide à bien dormir, le soir venu.

Quelqu'un, quelque part, sait pourtant quelque chose. Il ou elle a vu une ombre, une silhouette. A reconnu un homme, un proche, une connaissance. Quelqu'un sait, à coup sûr. Mais il ou elle ne dira rien.

Pas mes affaires. Et puis, *la police ne retrouve jamais personne, c'est bien connu*. Sans compter qu'*on aura des ennuis si ça se sait*.

C'est tout le drame. On se dédouane. On a peur. On s'impose le silence.

De mort, parfois, le silence.

ABSURDITÉS

L'oiseau cassé

Un oiseau dans la neige. On dirait qu'il sourit, sur son nuage. Il se croit peut-être au paradis. Il s'est cassé le cou contre la fenêtre.

J'ai déjà vu une femelle cardinal se battre contre son reflet dans la vitre. C'était au printemps. La petite luttait pour écarter de son territoire celle qu'elle voyait comme une intruse. Durant de longues minutes, elle a frappé du bec. Courageuse. Tenace. Au point de se blesser.

J'étais assis au salon. J'entendais toc... toc... Une pause, puis encore toc... toc... Lorsque j'ai compris d'où provenait le bruit, je me suis approché.

Elle ne savait pas que l'adversaire était un leurre à son image. C'était un combat bien singulier que le sien contre la glace. Perdu d'avance.

J'ai aidé la petite maman cardinal. Elle avait mieux à faire. Dans la vigne voisine, deux oisillons à nourrir. À défendre contre une menace plus réelle.

J'ai plaqué un carton contre la vitre. Fait disparaître le reflet. Mis fin au combat.

Mais il y a d'autres fenêtres dans le grand salon. Et d'autres oiseaux au jardin.

Ce matin, l'hiver est taché de gouttelettes de sang. Projetées sur la neige de part et d'autre du corps inerte, petite boule de plumes inanimée, refroidie, les yeux clos, ses pattes déjà rigides tendues vers le ciel des oiseaux, là où ils volent et se retrouvent encore après la mort.

Mon cœur s'est resserré à la vue du volatile inanimé. Un instant, il avait cru pouvoir traverser la maison vers la lumière du jour qui l'appelait, à l'autre bout d'une autre pièce. Mais la vie tient à peu de choses. À l'invisible, parfois.

À mes pieds, dehors, dans le froid, la scène a quelque chose de solennel. Je m'agenouille. Je me recueille. Puis je prends une photo. Pour immortaliser la mort – le beau paradoxe.

Il est de belles images de la mort comme de la vie qu'il convient de préserver.

Obstinément, la mort

Les mains tremblantes, Raymonde exhibe à son mari la lettre qu'elle vient de recevoir. Un rapport détaillant les circonstances… de sa mort.

Roland laisse tomber son journal. Tend la main. S'empare du papier. Rehausse ses lunettes et lit à voix haute : *Bureau du coroner. Cause du décès : mort accidentelle sans responsabilité d'un tiers.*

— Mais qu'est-ce que c'est que ça ?

Raymonde s'est laissée tomber sur une chaise. Elle tremble. Porte une main à son cœur. Grimace.

— Calme-toi, Raymonde. Tu sais ce qu'a dit le docteur.

Roland se lève. Va chercher un flacon. Le décapsule. Dépose un cachet dans la main de sa femme. Lui tend un verre d'eau.

Elle avale la petite pilule. Il reste auprès d'elle. Essaie de la rassurer.

— Voyons, Raymonde. Ils se trompent sans doute de personne, dit-il maladroitement.

— Ah, parce que tu n'es pas sûr ?

Troublée, elle se relève. Se plante devant son mari.

— Mais enfin, est-ce que j'ai l'air d'une morte ?

Roland vit depuis assez longtemps avec Raymonde pour savoir qu'il vaut mieux éviter le mot d'esprit qui lui vient en tête. Surtout après la bourde qu'il vient de commettre. Elle n'apprécierait pas. Et dans sa condition…

– Je vais téléphoner, dit-il.

Raymonde se rassoit. Fulmine. Allume une cigarette. L'éteint aussitôt.

Son mari compose le numéro trouvé au bas de la feuille.

— Bonjour. Je vous appelle au sujet de madame Vauclair. Oui, c'est ça, Raymonde. Vous avez commis une erreur terrible, dites donc. Puisque je vous le dis. Elle n'est pas morte, voyons.

Toujours assise devant lui, Raymonde semble au plus mal. Roland se lève, va à l'évier, le récepteur toujours à la main. Il verse à sa femme un autre verre d'eau sans interrompre la conversation.

— Mais non, madame, il ne s'agit pas d'une blague. Qu'est-ce que vous allez chercher là ? Écoutez. C'est ma femme. Elle est là. Devant moi. Je peux vous la passer au téléphone. Vous verrez à quel point elle est en vie. Surtout si on l'oblige à se déplacer à vos bureaux pour vous mettre les points sur les… *(Raymonde. Ça va ? Tu es toute pâle.)* Oui, ce sont des choses qui arrivent. Enfin… pas trop souvent, j'espère. *(Raymonde, tu es sûre que ça va ? Étends-toi sur le canapé.)* Attendez, je vous mets sur mains libres. Ça sera plus facile pour moi. Voilà. Vous m'entendez toujours ?

Raymonde s'empourpre. Porte une main à sa poitrine. Semble chercher son souffle. Roland lâche un bref instant le téléphone. Se rapproche de sa femme. Défait un bouton au col de son chandail. Lui tapote la main. Reprend le récepteur.

— Mais, bon sang ! qu'est-ce que vous ne comprenez pas, à la fin ? Ma femme n'est pas morte. C'est simple à corriger, il me semble. Annulez le certificat de décès. Prévenez le ministère. Rendez-lui la vie !

Raymonde se lève d'un bond. Roland s'inquiète.

— Attendez…

Sa femme vacille. Soupire. S'effondre.

— Raymonde ! Au secours !

Elle gît sur le plancher. Les yeux ouverts. Ne bouge plus.

Penché sur elle, Roland cherche un souffle. Un pouls. En vain. Il s'écroule, assis sur le linoléum.

— Allô ? Allô ? s'égosille une voix qui lui semble lointaine.

Dans un geste lent d'automate détraqué, il reprend le récepteur qui pend au bout du fil.

— Madame, oubliez ça. Je crois qu'elle est morte.

Roland fond en larmes. À l'autre bout du fil, la voix nasillarde de la fonctionnaire résonne encore.

— Ah ! Qu'est-ce que je vous disais…

L'homme à moitié rasé

Le jour où Bernard s'entailla le bout du doigt en se rasant, il pensa, effaré à la vue du sang qui s'écoulait, que la vie pouvait à tout instant déserter son corps. Une joue rasée, pas l'autre, il gagna son lit.

Le lendemain, la peur au ventre, il voulut ranger tous les appareils, outils et ustensiles tranchants dans une boîte qu'il scellerait avec précaution et descendrait à la cave au fond d'un coffre de bois.

Mais s'il devait se priver de son rasoir, il comprit bien vite que les repousses sur son menton gratteraient l'oreiller, la nuit, et l'empêcheraient de dormir. Que les poils de sa barbe en friche, drus et raides comme des brins d'acier, s'empêtreraient à tout moment dans un fil du drap ou dans l'ourlet de la taie d'oreiller, s'y coinceraient et lui tirailleraient la peau du visage, petits pincements douloureux qui troubleraient son sommeil.

Il devait affronter sa peur. Raser l'autre joue.

Résigné, il gagna la salle d'eau. À petits pas comptés, le souffle court, le cœur battant, il s'approcha du lavabo.

Puis d'un geste lent, très lent, il prit l'outil entre ses doigts. Entreprit de faire glisser la pioche sur la toison récalcitrante, conscient que la moindre maladresse pouvait entraîner la catastrophe.

Des perles de sueur glissaient de ses tempes vers ses joues. Il ne quittait plus des yeux le miroir. La lame. La joue. La lame…

Il stoppa net.

D'une microsecousse, il venait de s'entailler l'épiderme. Encore ! Au premier passage de la lame. Une goutte de sang émergeait, là, sur sa peau, entre deux traits de savon. Il frémit. Sa vie ne tenait donc qu'à un poil rasé de trop près ?

Tremblant, il écarta le rasoir de son visage et le déposa sur le comptoir, comprenant qu'il n'arriverait pas à triompher de sa phobie. Consterné, il observa son visage dans le miroir. Toujours rasé d'un côté. Pas de l'autre.

Il essuya sa figure, abandonnant tout sur place : rasoir, blaireau, l'eau savonneuse au fond de la cuvette, sortit de chez lui et marcha jusqu'au cabinet d'un psychologue.

Il n'aurait pas dû.

Voyant le visage de Bernard, asymétrique, un côté sombre et velu contrastant odieusement avec le côté clair et glabre de l'autre joue, le spécialiste eut un choc.

Comment soigner un homme à moitié rasé ? Il y avait en cela un déséquilibre, certes, mais d'une nature bien particulière. Des années d'études et de pratique ne l'avaient pas préparé à un tel cas.

Il chercha longtemps, sur les rayons de sa bibliothèque, une solution au problème. N'en trouva pas. Angoissé, le psychanalyste revint à son patient. Mais il n'arrivait plus à le regarder en face. Profondément troublé par ce visage incongru, dans lequel il voyait un inquiétant symbole de l'affrontement entre le Bien et le Mal, il détournait le regard. Il dut admettre, à son grand désarroi, qu'il n'arrivait plus à accepter chacun dans sa différence. Qu'il faillait à son devoir et à sa tâche. Qu'il déshonorait sa profession. Consterné, il ramassa sa veste, passa devant son patient sans plus le regarder ni lui adresser la parole. Il quitta le cabinet. Rentra chez lui. Et gagna son lit.

Laissé à lui-même, Bernard devait trouver une autre solution. Il retourna à son appartement. Acheta un rasoir électrique chemin faisant. Il abhorrait l'instrument. Le vrombissement de la mécanique, ce bruit menaçant, l'avait toujours affolé. Il s'était juré de ne jamais faire usage d'un tel outil. Mais avait-il le choix ?

Il essuya le lavabo encore éclaboussé du savon du matin. Repoussa le blaireau. Jeta une serviette sur le rasoir à lames encore taché de sang. Brancha l'appareil électrique à la prise murale. Approcha l'objet de son visage. L'actionna. Sursauta sous l'impulsion. Échappa l'objet vivant dans le lavabo. Tenta de le rattraper. Et par un funeste réflexe, plongea la main au fond de l'eau.

On le découvrit ainsi. Une joue rasée. Pas l'autre.

Mais on le trouva beau dans son cercueil.

La traversée

D'un pas hésitant, un homme aveugle s'approche de la rue. Au croisement, il s'arrête. Tend la canne. Écoute le bruit des pas. Le vrombissement des moteurs. Il doit atteindre le trottoir d'en face. Six voies à franchir.

Une femme, tout près, attire sur lui l'attention de sa compagne : *Quel insensé. Il devrait rester chez lui.*

Le feu tourne au vert.

Au signal, les dames s'engagent. Laissent l'aveugle derrière elles. Le temps alloué est court. Elles s'empressent à petits pas comptés. Elles foncent. Car c'est un fleuve qui, tantôt, déversera son torrent.

L'afficheur clignote. Émet un signal sonore. Presse l'imprudent resté derrière de se hâter.

L'homme s'élance comme il peut. Allonge le pas. Essaie de suivre les deux femmes au bruit sec de leurs talons sur la chaussée. Le son métallique de sa canne les poursuit. Appelle à l'aide. Mais elles se pressent. Le bruit des chaussures s'atténue. L'homme a du mal à suivre.

Au milieu de l'intersection, il heurte le talus. Contourne la bordure de ciment qui fait obstacle. Et c'est un brouhaha, tout autour. Les automobiles, impatientes, grondent. Une radio hurle son rock. Un enfant pleure.

Où sont passées les femmes ? Dans le bruit, il a perdu leur trace.

Le voilà seul.

Sa course, oblique, est frénétique. Il compte maintenant, cela se voit, les secondes, les pas. La peur a défait son visage. Il se hâte à tâtons. Doit gagner son pari. Rejoindre le trottoir d'en face.

Soulagé, il atteint le béton salvateur. Juste à temps ! Les bolides s'élancent dans un coup de klaxon. L'homme est sauf. Mais il a la goutte au front. Le cœur qui bat. Les yeux dans le vide. L'air de dire : est-ce bien vrai, j'y suis arrivé ?

Les autos passent leur chemin. Alors, tout près, dans le silence revenu, s'élève la voix d'un petit garçon qui se moque en riant.

— Comme il est drôle, le monsieur, maman. T'as vu, il louche.

L'homme est aveugle. Pas sourd. Il se retourne prestement et, d'un pas mesuré, dirigé par la voix, rejoint l'enfant. D'un coup de canne vif et précis, il corrige le polisson. Le garnement échappe un cri. Porte la main à l'oreille. Sa mère, furieuse, l'emmène à l'écart, vilipendant l'enfant et maudissant l'aveugle.

L'homme reprend sa marche au rythme des battements de son bâton. À gauche. À droite. Et il sourit malicieusement.

Il ne craint plus rien ni personne. Gare à celui ou celle qui se met en travers de sa route.

Le trottoir est son royaume.

La rumeur

Pas facile de trouver l'âme sœur dans un village qui a germé, poussé et fleuri au milieu des champs. Surtout quand il n'a donné naissance, au fil du temps, qu'à des générations de même souche.

Aussi, quand Rose a annoncé hier qu'elle avait trouvé « un homme, un vrai », toute la communauté a-t-elle été étonnée.

Rose a soixante-douze ans. On n'a pas tardé à se demander qui, du facteur à la retraite, du boucher devenu veuf ou du curé – parmi les célibataires du canton –, pouvait bien avoir mérité ses faveurs.

Les ragots allaient bon train ce matin encore. Midi sonne et l'on voit descendre Rose d'une grosse voiture américaine, accompagnée d'un homme au teint basané.

Il a l'âge de son fils.

Ah ! Elle a fière allure, la vieille, avec son jeune. Le spectacle provoque aussitôt indignation, railleries et quolibets.

— Eh, Rose ! Tu les prends au berceau ? s'écrie le boucher, jaloux.

Déçu, surtout. La vieille a de l'argent de famille. Au surplus, elle a hérité de la ferme à la mort de son mari. Avec un peu de chance, elle ne fera pas de vieux os et le boucher, s'il arrive à la marier, récoltera tout. C'est pourquoi il entretient une cour assidue auprès de Rose.

Elle n'en est pas dupe. Tout le monde au village sait que le boucher convoite plutôt la ferme que la femme et qu'il est prêt à tout pour arriver à ses fins. Jusqu'à maintenant, plus d'un habitant de Saint-Norbert-des-Anges pensait qu'il avait d'ailleurs réussi à embobiner Rose. La vue du jeune étranger au bras de la fière paroissienne vient tout remettre en question.

Le vieux facteur, témoin lui aussi de l'arrivée de Rose au village, baisse la tête et passe son chemin. Il sait ce qu'on a déjà colporté à propos de Rose et lui, après ce jour où un voisin curieux les a surpris à « prendre le thé » chez elle et que la livraison du courrier s'en est trouvée retardée d'une bonne heure.

L'histoire remonte bien à quelques années, mais les rapporteurs officiels ont la mémoire longue. La femme du facteur aussi. Personne n'a cru à l'histoire du thé. Il vaut donc mieux rester discret.

Monsieur le curé, lui, ne risque pas de croiser la route de la septuagénaire ce matin. Il a discrètement déménagé ses pénates quelques jours auparavant. On raconte qu'il a défroqué. Rose serait-elle en cause ? Il faut dire qu'elle a été vue très souvent au presbytère. Ce que les commères ne savent pas, c'est qu'elle allait tout simplement, chaque mois, porter au curé un peu d'argent pour aider à rénover la vieille église. Ce que les paroissiens ignorent aussi, à l'exception de quelques garçons ayant de bonnes raisons de rester discrets, c'est que le curé a d'autres préférences.

Ignorant l'attroupement sur son passage, Rose monte les marches de l'hôtel de ville au bras de son nouvel ami.

Très vite, les langues se délient.

— Mon Dieu, c'est bien ça. Un mariage civil ! s'écrie Margot, maîtresse de poste et, du fait de sa fonction, potineuse la plus respectée du village.

Deux femmes engagent avec elle une discussion animée sur l'inconvenance de la situation. Le mot passe et retient chacun sur la grande place. Quand Rose ressort de la mairie au bras de son compagnon, quelques minutes plus tard, il y a toujours attroupement sur la place publique. Le maire suit le couple et ne tarde pas à prendre la parole.

— Mes amis, c'est un grand jour, dit-il, assez fort pour être entendu de tous.

— Vive les mariés ! s'écrie malicieusement le boucher, dont l'éclat de voix fend la foule.

Mauvais drôle, il donne libre cours à l'envie et à la colère qui l'étouffent à l'idée de tout l'héritage perdu. Personne ne répond à son cri de douleur. Seule Rose, du haut des marches, sourit à l'idée que le cupide bonhomme ne touchera jamais à son bien.

— Mes amis, soyons sérieux, reprend le maire. J'ai la joie de vous annoncer aujourd'hui que... Eh bien, que l'église est sauvée !

Des cris de surprise fusent, ici et là. Que faut-il comprendre ? Des regards incrédules se posent sur Rose et son jeune ami.

Le maire reprend la parole.

— Vous connaissez Rose et sa grande générosité. Elle vient de verser une somme considérable pour aider à rénover notre modeste église, avec l'aide de la municipalité, de trois gros cultivateurs de la région et du directeur de la banque régionale. Je vous annonce que les travaux débuteront dès le mois prochain. Trois hourras pour Rose !

La foule, perplexe, ne réagit pas comme il l'espérait.

— Ce n'est pas tout, reprend le maire, devinant qu'il faut satisfaire la curiosité de ses concitoyens. Rose a aussi trouvé son homme, comme on dit.

Une clameur s'élève cette fois quand le maire désigne de la main le garçon au teint basané.

— Franchement ! s'écrie le boucher, qui fait volte-face et quitte les lieux sans demander son reste.

— Écoutez. Écoutez, voyons, reprend le maire. Ce jeune homme arrive tout droit du Pérou. Je vous le présente. Il s'agit de Javier. Notre nouveau curé.

La foule reste figée.

Le nouveau curé, donc. Parle-t-il français, au moins ? Où Rose a-t-elle pris tout cet argent offert à l'église ? Son mari était donc si riche ? Et puis l'église est sauvée, mais Rose restera-t-elle veuve ?

Remis de leur torpeur, quelques citoyens applaudissent, bientôt suivis par d'autres.

Le jeune curé descend les marches. On le félicite. On le questionne. Oui, il parle français. Et fait déjà bonne impression en annonçant qu'une partie du presbytère sera convertie en centre de loisirs.

Rose apprécie un moment la scène, du haut des marches. Puis on la voit disparaître, souriant toujours quand l'immense porte de l'hôtel de ville se referme sur elle et monsieur le maire.

La scène n'échappe pas aux curieux.

Saint-Norbert-des-Anges, une fois de plus, cesse de respirer. Mais le silence ne dure jamais longtemps.

— Ah ben, ça alors ! s'écrie un paroissien. Rose… Son homme, c'est pas le nouveau curé… C'est monsieur le maire !

Que serait un village sans rumeurs ?

Le regard

J'ai honte, parfois, de la race humaine. J'en viens à croire que plus personne ne se soucie du sort des autres.

Tenez : l'autre jour, dans la rue, une vieille dame aux cheveux blancs tentait de traverser. Cent dollars d'amende aux contrevenants qui ne s'immobiliseraient pas au passage piétonnier. Vous croyez que ça les arrête, ces automobilistes pressés, l'angoisse d'une pauvre femme aux vêtements détrempés avec, à son bras, un sac à provisions en papier sur le point de défoncer et de répandre sur la chaussée son contenu de fruits et de légumes ?

Pas le moins du monde.

Il faudrait, pour cela, avoir l'âme charitable. Un peu de compassion. D'abord, accepter de porter un regard sur l'humanité. Considérer l'autre. Pas que soi.

C'est à cela que je repense depuis un moment. Depuis que je suis entrée dans le wagon du métro, dont toutes les places assises sont occupées. Je reste debout.

En équilibre précaire. Près de ce jeune homme resté indifférent à mon sourire lorsque j'ai approché sa banquette.

Moi aussi, je suis une vieille dame.

Bon, c'est vrai, je n'ai pas cent ans. Pas même quatre-vingts. Et après ? Il fut un temps où les hommes bien élevés cédaient leur place aux dames. Même aux plus jeunes. Aux moins jolies. Les hommes de ce temps-là étaient courtois.

L'attitude indolente du garçon m'irrite.

À la station suivante, des passagers s'ajoutent. Accrochées aux barres de retenue, des femmes vaguement inquiètes, comme moi, tiennent leur sac à main tout contre elles. Un quinquagénaire libidineux prétexte le manque d'espace, se colle aux fesses de sa voisine. Pauvre abruti ! Comme si l'on ne s'en rendait pas compte.

Le jeune homme sur la banquette, s'il avait seulement relevé ma présence, aurait bien vu qu'en arrivant j'ai failli laisser tomber les livres d'occasion que contient mon sac, trop plein et lourd pour moi. Aurait-il vraiment fallu que je lui montre la semelle compensée de ma chaussure gauche pour faire naître chez lui un peu de sollicitude ?

Tantôt, je l'avoue, j'ai fait un peu exprès de le bousculer quand la rame s'est remise en marche. Les passagers, momentanément déséquilibrés, cherchaient à ne pas plier les genoux sous la secousse. Pensez-vous qu'il a seulement levé les yeux ? Non. Il a joué celui qui ne s'aperçoit de rien. À son tour, il m'a heurtée lors d'un freinage un peu brusque. L'a-t-il fait exprès ? Il m'a adressé la parole, mais ça n'était pas pour s'excuser.

— Quelle est la prochaine station, s'il vous plaît ?

C'était la station Plamondon.

Il s'est levé brusquement et, sans ménagement pour les autres voyageurs, poussés du coude, il a gagné la porte. Mais il n'a pas été assez rapide. Elle s'est refermée sous son nez. Le métro s'est remis en branle. Il fallait voir sa mine déconfite.

Bien fait pour lui. Il y a une justice en ce monde, me suis-je dit, sourire en coin.

Puis j'ai vu sa canne.

Blanche.

Antoine

Un vieux, au crépuscule, traverse la plaine que les mauves du soir teintent encore un peu. L'échine courbée, il peine. S'enfonce à mi-mollet dans la neige qu'il sillonne, comme la terre, autrefois.

Il va à la rivière comme on se rend au dernier point de la dernière phrase d'un livre. Il effeuille les pages blanches de sa mémoire. C'est tout ce qui reste d'Antoine.

Jadis, il écrivait. De belles choses. Enfin... il n'est plus sûr. Il aura quatre-vingt-deux ans, ne se souvient de rien. Pas même de son nom. Il ne retrouve que des mots pâles au tableau noir de sa vieillesse. De la poussière de craie.

Tout lui est étranger. Cela le trouble. Le jour, la nuit, il crie. Il reste prisonnier. De son lit. De sa chambre. De sa vie oubliée, qu'il ne retrouve plus.

Aujourd'hui, ses fils, leurs femmes, leurs enfants sont venus de la ville. Ils ont aidé la mère à préparer le repas. Mais la fête n'aura pas lieu. Personne ne le soupçonne encore. Personne n'a remarqué l'absence. Bientôt, on va le chercher. S'inquiéter, élever la voix, crier. Ouvrir la porte et courir dehors comme des chiens fous. Pleurer, s'enlacer, prier. Et découvrir, dans la bordée d'étoiles qui tapisse la vallée, les dernières traces de sa vie. Quelques pas dans la neige, menant à la rivière.

Le vieux aborde le torrent et son couvert de glace. L'eau vive émerge, ici et là. Bleue. Presque noire, couleur de nuit.

Il s'arrête. Se retourne. Au loin, tout au bout de sa terre, la maison chaude, pleine des rires d'enfants, l'appelle. Comme avant à la tombée du jour. Comme jadis après les gros travaux, les labours. Annonçant le souper et le chapelet en famille.

Il ne répond pas.

Il ne sait plus que tout cela a existé. Il ne voit plus qu'au présent immédiat : la chape d'hermine à perte de vue et la maison au loin – si loin – qui s'estompe entre chien et loup.

Tout le reste n'est qu'une ombre. Un songe. Une émotion diffuse. Et c'est cela, l'évanescence des contours de sa vie, qui a nourri l'angoisse. Toujours la même, jour après jour. Et c'est cela qui l'a conduit à la rivière.

Car c'est un terrible mal que d'oublier. C'est une mort vêtue de soie, mais c'est la mort.

Tout son corps tremble, maintenant. Mâchoire osseuse. Jambes frêles. Mains noueuses. Bras longs décharnés, abaissés dans leur capitulation.

Antoine, hagard, scrute la plaine ombrée. Des cloches sonnent le glas au loin. C'est pour lui qui ne reviendra pas. Une larme, alors, jaillit et perle sur sa joue, coule, gèle.

Le vent souffle la nuit. Efface la contrée et ses collines drapées de crêpe noir. Et au vieil homme, qu'elle appelle et envoûte, la rivière offre un requiem.

Antoine fait un pas.

Sous ses pieds nus, bleuis, la neige se défile. Elle dévale la haute rive et se fait avalanche. Elle déferle. Emporte la jambe, qui entraîne le corps. Antoine chute et glisse. Va s'enfoncer… Un craquement sinistre fend le calme du soir. La glace cède. Engloutit le vieil Antoine qui, en sombrant, échappe un bref gémissement.

Surpris, un corbeau alerte la contrée. Croasse qu'on se meurt, ici. Mais nul écho ne répond à l'appel. Que l'*Angelus*, là-bas. Et une main qui émergeait encore s'enfonce lentement comme un adieu que l'on prolonge. Sur Antoine, les glaces referment leurs paupières. Par pudeur. Pas une bulle à la surface. Pas un témoin du drame.

L'oiseau noir, envolé, ne reviendra pas.

La chasse

Dans le blanc laiteux d'un matin de septembre, le sang coule.

Une détonation a fait lever quelques perdrix. Un cri rauque a retenti. L'odeur du drame, mêlée à celle de la poudre brûlée, s'est répandue. L'air, pourtant, embaumait les champs d'un parfum de miel depuis l'aube.

Entre les vallons passe un renardeau que le coup de feu a surpris. D'un pas leste, il longe le ruisseau, contourne une grosse pierre et gagne les fourrés. Et voilà qu'apparaît un chasseur, à contre-jour, venant des collines.

Il peine à marcher sous le poids de sa charge. Sa chemise, son pantalon, l'une de ses bottes sont maculés du sang qui déjà coagule. Et ce sang est celui de son fils, qu'il porte d'un pas lourd, le visage ruisselant de larmes. Goutte à goutte, derrière eux, la trace rouge du chemin parcouru depuis le lieu où s'est produite la tragédie.

Atteint de plein fouet, le garçon a écarquillé les yeux. Son visage tout entier a formé une grimace hideuse, traduisant mieux qu'un cri – qui n'est jamais venu – la douleur, le reproche et la peur de mourir aussi tôt, bêtement, au moment le plus chéri de sa jeune existence.

Tantôt il s'est levé de bon cœur. Il a déjeuné sans bruit. Puis il a enfilé une chemise de flanelle, un pantalon de toile, ses bottes, un chapeau, mimant en cela chaque geste de son père, comme en un rituel.

– Soyez prudents, a dit sa mère avant de retourner sous les draps tièdes. Je vous ai fait du café.

Le fils a regardé son père. Le père a regardé son fils. Ils ont bu. Ils sont sortis. Promesse tenue. Cadeau d'anniversaire. Au matin de ses quatorze ans, enfin le garçon, fièrement, le fusil à la main, accompagnait son père.

Le plus beau jour de sa vie.

Le dernier.

Et un matin…

Le quatrième matin, Léo se réveille plus tard qu'à l'habitude et constate qu'il a beaucoup vieilli. Il a soixante ans. Tout va si vite. Hier encore, il berçait ses enfants.

C'est la vie, se dit Léo, à voix haute. Et il se lève.

Il boit un café, avale une tranche de pain rôtie, prend une douche, s'assoit à la fenêtre et fume une cigarette. Il retourne se coucher, se relève pour dîner, sort sur le balcon griller encore quelques Player's. Il rentre parce qu'il pleut. Il quitte sa robe de chambre, enfile un pantalon et une chemise, boit un café. Puis un autre. Il joue aux cartes. Seul. Un temps. Glisse au four un repas congelé. L'avale. Le digère. Affalé sur le divan du salon. Il se lève, va aux toilettes, lave et sèche ses mains. Gagne la fenêtre du séjour. Dehors, il pleut toujours. Il fume. Il se perd dans ses pensées. Retrouve l'une d'elles et la jette sur une feuille de papier qu'il se met à griffonner.

Qu'est-ce que la vie ? écrit-il. Puis il répète les mots, qui résonnent dans l'appartement sans autre écho que le son de sa voix.

Encore un temps. Une éternité ou un éclair. Qui pourrait le dire ? La réalité est bien différente selon qu'on vient de naître ou qu'on approche de la mort.

Léo s'étend sur le canapé, s'endort profondément, refait surface. Il fait noir. Tout est toujours si sombre... Il ne voit pas qu'il a encore pris de l'âge. Il a soixante-douze ans.

Il se lève. Épluche deux carottes. Les met à cuire. Les mange pour souper avec les restes du midi. Ingurgite plus de vin qu'il n'en faut. S'installe devant la télé. Sent le sommeil le gagner encore. Il se couche pour la nuit et dort comme un enfant. À l'aube du cinquième matin, il a quatre-vingt-huit ans.

Battement de paupières. Le dernier jour ? Il se réveille dans la peau d'un vieillard.

Léo n'en revient pas. Il tressaille.

Cent ans ! râle-t-il. *J'ai dû rater quelque chose...*

Dépannage

Je rêvais de devenir auteur. J'en étais à mon tout premier texte et je manquais d'inspiration.

J'avais appris qu'il suffit parfois de s'asseoir et de taper au clavier pour que viennent les idées. On enfile les lettres, on laisse aller. Écriture automatique. Pas de filtre. L'écrivain doit se faire confiance. Déposer un mot qui en appellera un autre. Donner libre cours à l'improvisation. Former des phrases, sans suite s'il le faut. Revoir plus tard. Noircir la page. À force, le grain germera, prendra racine.

Au bout de deux heures, ça ne venait toujours pas. Je me suis levé et suis sorti de chez moi.

Il me fallait trouver l'élément déclencheur. Un personnage auquel je pourrais m'identifier. Habitant de préférence un univers familier où il me serait facile de le faire évoluer.

C'est en entrant au dépanneur que j'en ai eu la révélation. Je suis passé à l'acte sans la moindre hésitation.

Vincent, le commis, était occupé à faire payer un client. Personne ne prêtait attention à moi. Je me suis emparé d'une barre de chocolat et l'ai enfouie dans la poche de ma veste.

Surpris de ma témérité, étonné par la banalité du geste, je me suis immobilisé. C'était donc aussi simple que cela ? J'ai balayé du regard les alentours… Et si l'on m'avait vu faire ?

Il y avait, près du rayon des croustilles, un adolescent boutonneux qui semblait incapable de choisir entre chips au vinaigre et BBQ. C'était la deuxième fois qu'il se saisissait d'un sac pour le remettre en place, en sortir un autre et revenir au premier. Plus loin, un homme d'âge mûr furetait dans l'étagère des magazines. Aucun d'eux ne me regardait. Rassuré, j'ai relâché mon souffle. Et je crois bien que j'ai souri imperceptiblement.

J'étais fébrile. Excité. Presque heureux. Je venais d'incarner le voleur à la tire qui allait inspirer quelques pages de mon livre. J'allais pouvoir décrire avec force détails sa nervosité, ses doutes, ses mains moites et surtout, surtout, l'angoisse d'être…

Pris sur le fait !

Je l'ai compris dès que j'ai aperçu cette petite dame dont je n'avais pas remarqué la présence jusque-là. À petits pas rapides, elle a gagné la caisse et déposé son sac de lait. Prenant appui des deux mains sur le comptoir, elle s'est hissée sur la pointe des pieds pour se rapprocher du commis, auquel elle s'est adressée en chuchotant. Lui s'est aussitôt tourné en ma direction. J'ai détourné le regard et me suis légèrement éloigné. Je me suis dit néanmoins que si je venais d'être dénoncé, ça ne serait pas plus mal. J'allais vivre des émotions plus fortes encore. La honte, peut-être. L'angoisse face à l'arrestation, à l'interrogatoire, à la mise en accusation, à la comparution, à la mise en cellule avec un peu de... chance ? Je crois bien que je divaguais, là. Je devais me maîtriser.

Feignant de chercher quelque chose dans la section des boissons gazeuses, j'ai gardé les mains dans mes poches.

J'aurais dû être en sueur. Bizarrement, je savourais l'instant. Cela me contrariait, puisque, pour mener à bien l'expérience, il m'aurait été utile de ressentir une montée d'adrénaline, l'urgence de devoir fuir à toutes jambes pour éviter d'être pris, la peur d'être rattrapé.

Rien de tout ça ne s'est produit.

— Je la sors de l'inventaire, cette barre de chocolat ? m'a demandé le commis, un sourire malicieux sur son visage.

J'ai tout raté.

Comment aurait-il pu en être autrement ? Je suis le propriétaire de ce foutu dépanneur.

Et je n'ai rien d'un écrivain.

Le clou

Il ne devrait jamais s'aventurer dans le domaine de la rénovation. Son meilleur ami a beau le lui répéter, il s'entête. Question d'économie, de fierté et de la volonté de prouver une fois pour toutes qu'il n'est pas aussi maladroit qu'on le dit.

Peine perdue, diraient ceux qui le connaissent bien. Son passé de touche-à-tout maladroit en témoigne et les exemples ne manquent pas.

Mais, cette fois, ça n'est pas compliqué. Il suffit d'un clou pour une toile à accrocher au mur du salon.

On anticipe tout de même la caricature : le plâtre qui se lézarde de haut en bas, le clou fiché un pouce trop bas ou trop à gauche… Mais non. Il a progressé avec le temps. Il a soigneusement pris les mesures.

D'accord, il n'aurait pas dû utiliser un crayon-feutre pour la marque. Mais, au moins, comme ça, il ne risque pas de rater la cible. Le clou est aussi un peu gros. On pourrait y faire tenir une armoire, sans doute. Mais comme disent les vieux : *trop fort casse pas*.

La corde de nylon jaune qui soutiendra l'encadrement est voyante et trop épaisse. Qu'importe. Elle sera à peu près cachée par la toile. Bon, peut-être pas entièrement puisqu'il vient de se rendre compte qu'elle est trop longue et qu'il n'arrive pas à défaire les nœuds qui la rattachent au cadre de bois. Et alors ? Il n'avait pas le temps d'aller à la quincaillerie acheter un fil de fer ou de nylon plus mince puisque sa belle-mère vient les visiter tantôt et que sa femme lui a fait promettre de mettre son portrait en place avant son arrivée.

À bien y regarder, d'ailleurs, elle n'est pas pour lui déplaire, cette corde tressée qui dépasse au sommet de l'encadrement. Une fois installée au mur, avec sa tête de mégère sur la toile, la vieille aura l'air d'une pendue. Ça fera sourire en coin tous ceux qui la connaissent bien, la chipie.

Marteau à la main, il vise le clou et une, deux, trois… Vlan !

— Aïe !

Il a tapé à côté. Merde. Voilà son index déjà aussi gros que le pouce. Le foutu clou lui a glissé d'entre les doigts et il n'a pas su retenir l'élan. Il a frappé à demi sur son doigt, à demi dans le gypse. Résultat : un morceau de plâtre de la dimension d'une pièce d'un dollar a volé en éclats sur le tapis, entre le fauteuil et la table à café. Et le museau du marteau a laissé sa marque dans le mur.

C'est évidemment le moment qu'a choisi sa femme pour revenir avec sa mère. Il l'entend, elle gare la voiture dans l'entrée. Vite, ramasser le clou et frapper de nouveau plus franchement, plus droit. Re-vlan ! Cette fois, ça y est. Il accroche la toile. Mission accomplie. Et le mur du salon est sauf. Rien n'y paraît, mis à part le bout de corde de nylon jaune. Vite, il ramasse le débris de plâtre oublié sur le tapis et le jette dans l'âtre du foyer, près du piano.

Ça aurait pu être pire. Il ressent une certaine fierté. Sa femme n'y trouvera rien à redire et ses amis cesseront de le railler.

Il s'assied sur le sofa, prêt à accueillir les témoignages de reconnaissance de sa conjointe. Une porte s'ouvre. Depuis le hall d'entrée, sa voix retentit.

— Alors c'est fait, chéri ? Tu as accroché le portrait de maman dans la chambre d'amis ?

Une autre histoire

Émotions diffuses. Entre joie, étonnement et déception. Je viens de prendre possession des premiers exemplaires de mon livre. Un roman. Le premier. Au terme d'une interminable grossesse d'auteur, le voici entre mes mains. Encore muet. Plein de mots pourtant.

Étrange solitude à deux. La joie espérée n'est pas venue. Je me retrouve au volant. Auto à l'arrêt. Stationnement inoccupé. Dos à la maison d'édition. Leur maison. Mon livre. Objet inanimé encore. Il ne prendra vie qu'au tournant des pages.

J'étais fébrile en montant les marches. Perplexe en me présentant dans ce vaste bureau habité de silences et de fantômes – ceux d'écrivains de passage avant moi.

Je ne m'attendais pas à une réception, non. Mais quelle désertitude ! Une voix, néanmoins, au détour du petit corridor menant à un bureau. On m'a entendu entrer à l'heure prévue.

— Monsieur Beaucage ?

— Oui.

— Voici vos livres. Je les mets dans un carton ?

— Euh, oui. Merci.

La voix s'est tue. Je suis parti, déconcerté. Tout s'est passé si… *vide*.

Tant d'années à imaginer, à déposer, à assembler des milliers de mots. Et puis ça. Mon nom. Mes livres. *Un carton ?* Rien d'autre.

Maintenant assis dans l'auto, j'ai froid.

J'ai déposé sur la banquette du passager la boîte des mots plus excités que moi à la perspective d'être lus bientôt.

J'ai mis le véhicule en marche. Le grondement du moteur m'a réchauffé un peu : *Bravo, mon vieux. Tu as mené ton projet à terme. Je suis fier de toi. Vroum ! Vroum !*

Mais non. Je me félicitais à voix haute. J'avais besoin d'entendre ces encouragements et félicitations. Je les attendais depuis si longtemps.

Je roule, maintenant. Plus lentement qu'à mon habitude et dans des rues de Montréal que je n'avais encore jamais explorées. Elles semblent perdues. Comme moi et mes pensées vagabondes.

Je me rends compte qu'il y a quelque chose d'apaisant dans l'errance. Pleine solitude au cœur de la masse humaine vibrante et chaude. La ville comme un baume.

Avenue du Mont-Royal. Tiens, un parc.

Je m'arrête. Je sors. Quelques pas dans une allée. À droite, une fontaine crache joyeusement son eau. Depuis toujours, dirait-on. Dans un vieux bassin que fait frissonner le reflet des arbres, des oiseaux et des écureuils.

J'ai l'air idiot maintenant, assis sur un banc pour un égoportrait, mon livre à la main. Je prétends savourer l'instant. Finirai bien par m'en convaincre. Ne suis-je pas à un tournant de ma vie ?

C'est alors que je les aperçois.

Lui grand, mince, nonchalant, le crâne rasé. Elle la jeune trentaine en chair dans un jean et un t-shirt ajustés. Leur bonheur manifeste. Leurs sourires. Leurs rires. Leurs cheveux aux teintes de l'exubérance. Leurs vêtements noirs savamment déchirés. Les longues chaînes à leur ceinture, identiques à celles qui leur servent à retenir trois gros chiens.

Je me laisse emporter. Avec eux, j'aborde l'imaginaire. M'y accroche. À une ficelle, puis à une autre et à une autre encore. Je les tresse. J'en fais un lacet, plus solide. L'intrigue se tisse. Mon esprit file. Crée l'aventure. Drame ou heureux événement, je ne sais encore. L'idée n'est pas claire. Germe, néanmoins.

Je me lève. M'avance. Les suis. Ils seront mes protagonistes. Tandis qu'ils gagnent la rue, je les épie. Comme une tique, je m'accroche à eux, suce leur sang, la moelle de leurs os, leur esprit, leurs moindres émotions. Tout cela ne leur appartient plus. Ils sont à moi. Je guide leurs pas, désormais. Je contrôle leur vie en parallèle. Chacun de leurs souffles fera tourner les pages. Deux cents feuillets au bas mot.

Quel bonheur ! L'histoire prend vie sous mes yeux. Vite, maintenant. Je dois rentrer. Écrire tout cela pour ne rien oublier. Je reviendrai l'automne prochain.

Avec une autre boîte. Un autre livre.

Table des matières

Dans la collection « Réverbération »

Jean-François Aubé, *La mort d'un commis de dépanneur*, roman.
Aude, *Éclats de lieux*, nouvelles.
Marie Auger, *Carapace*, roman.
Jean Bacon, *Chroniques de Capitachouane*, roman.
Étienne Beaulieu, *Trop de lumière pour Samuel Gaska*, récit.
Renald Bérubé, *Les caprices du sport*, roman fragmenté.
France Boisvert, *Professeur de paragraphe*, roman.
France Boisvert, *Vies parallèles*, nouvelles.
Mario Boivin, *L'interrogatoire Pilate*, fiction historique.
Véronique Bossé, *Vestiges*, nouvelles.
Gaëtan Brulotte, *La contagion du réel*, nouvelles.
John Calabro, *Le cousin*, roman, traduit de l'anglais (Canada) par Hélène Rioux.
John Calabro, *Un homme imparfait*, roman, traduit de l'anglais (Canada) par Hélène Rioux.
André Carrier, *honore.com*, roman.
André Carrier, *Rue Saint-Olivier*, roman.
Daniel Castillo Durante, *Étrangers de A à Z*, microrécits.
Daniel Castillo Durante, *Fuir avec le feu*, nouvelles.
Daniel Castillo Durante, *Le silence obscène des miroirs*, roman.
Hugues Corriveau, *De vieilles dames et autres histoires*, nouvelles.
Esther Croft, *L'ombre d'un doute*, nouvelles.
Esther Croft, *Les rendez-vous manqués*, nouvelles.
Jean-Paul Daoust, *Sand Bar*, récits.
Denyse Delcourt, *Rouge*, roman.
Georges Desmeules, *Le chaos n'est pas une théorie*, nouvelles.
Georges Desmeules, *Naissance d'Homère*, roman théâtral.
Georges Desmeules, *Prophète de hasard*, roman.
Michel Dufour, *Lignes de vie*, nouvelles.
Danielle Dussault, *Anderson's Inn*, roman.
Danielle Dussault, *La partition de Suzanne*, roman.
Danielle Dussault, *Les ponts de Prague*, nouvelles.
Francisca Gagnon, *Les chercheurs d'aube*, nouvelles.
Pierre-Louis Gagnon, *Dix-sept, rue Villagatan, Stockholm*, roman.

Pierre-Louis Gagnon, *La disparition d'Ivan Bounine*, roman.
Pierre-Louis Gagnon, *Le rendez-vous de Damas*, roman.
Pierre-Louis Gagnon, *Le scandale de la tour byzantine*, roman.
Pierre-Louis Gagnon, *Le testament de Maïakovski*, roman.
Lise Gauvin, *Parenthèses*, nouvelles.
Caroline Guindon, *Cythère*, roman.
Caroline Guindon, *La mémoire des cathédrales*, nouvelles.
Caroline Guindon, *Sillages*, roman.
Louis-Philippe Hébert, *La Cadillac du docteur Watson*, roman.
Louis-Philippe Hébert, *Celle d'avant, celle d'après*, roman.
Louis-Philippe Hébert, *Essais cliniques aux laboratoires Donadieu*, nouvelles.
Louis-Philippe Hébert, *James ou Les habits trop amples du boa constrictor*, roman.
Louis-Philippe Hébert, *Le meilleur tour de magie de David Cloverfield*, roman.
Louis-Philippe Hébert, *Petit-Chagrin ou Il ne faut pas laisser un être doux jouer avec des couteaux*, nouvelles.
Louis-Philippe Hébert, *Les ponts de glace sont toujours fragiles*, nouvelles.
Louis-Philippe Hébert, *Le spectacle de la mort*, roman.
Louis-Philippe Hébert, *Un homme discret*, roman.
Fernand J. Hould, *Les cavaleurs*, nouvelles.
Pierre Karch, *Nuages*, contes et nouvelles.
Sergio Kokis, *Amerika*, roman.
Sergio Kokis, *L'âme des marionnettes*, roman.
Sergio Kokis, *Clandestino*, roman.
Sergio Kokis, *Culs-de-sac*, nouvelles.
Sergio Kokis, *Le dessinateur*, roman.
Sergio Kokis, *Dissimulations*, nouvelles.
Sergio Kokis, *L'innocent*, roman.
Sergio Kokis, *Makarius*, roman.
Sergio Kokis, *Le sortilège des chemins*, récit.
Sergio Kokis, *Un petit livre*, roman.
Serge Labrosse, *L'encre sèche et on oublie*, nouvelles.
Christiane Lahaie, *Parhélie ou Les corps terrestres*, roman.

Christiane Lahaie, *Vous avez choisi Limoges*, nouvelles.
Christiane Lahaie, *Zone 51*, roman.
Henri Lamoureux, *La Mariée des montagnes Vertes*, roman.
Henri Lamoureux, *Orages d'automne*, roman.
Guillaume Lapierre-Desnoyers, *Pour ne pas mourir ce soir*, roman.
Andrée Laurier, *Avant les sables*, novella.
Andrée Laurier, *Le Romanef*, roman.
Andrée Laurier, *Sans elle*, roman.
Stéphane Ledien, *Bleu tout-puissant*, roman.
Stéphane Ledien, *Des trains y passent encore*, nouvelles.
Stéphane Ledien, *Un Parisien au pays des pingouins*, récits.
Joanie Lemieux, *Les trains sous l'eau prennent-ils encore des passagers ?*, nouvelles.
Pénélope Mallard, *Juliette ou Les morts ne portent pas de bigoudis*, roman par nouvelles.
Danielle Marcotte, *L'accordéon, Madame et moi*, roman.
Marcel Moussette, *La photo de famille*, roman.
Christine O'Doherty, *Le pont de l'Île*, roman.
Alain Olivier, *L'héritier de Darwin*, roman.
Alain Olivier, *Neka*, roman.
Claudine Potvin, *Body Scan*, nouvelles.
Claudine Potvin, *Corps imaginaires*, nouvelles.
Claudine Potvin, *Le sexe de Fidel*, roman.
Claudine Potvin, *Tatouages*, nouvelles.
Lyne Richard, *Les cordes à linge de la Basse-Ville*, nouvelles.
Lyne Richard, *Prismacolor n° 325*, nouvelles.
Hélène Rioux, *L'amour des hommes*, roman.
Danièle Simpson, *clara sans majuscule*, roman.
Maurice Soudeyns, *Doucement, doucement !*, nouvelles sous formes de dialogues.
Maurice Soudeyns, *Qu'est-ce que c'est que ce bordel !*, dialogues.
Maurice Soudeyns, *Taxi !*, roman.
Maud Suchet, *Suite féminine*, contes modernes.
Caroline Thérien, *Ce que l'avenir ne dira pas*, nouvelles.
André Thibault, *Sentiers non balisés*, roman.
Nicolas Tremblay, *L'esprit en boîte*, nouvelles.

Nicolas Tremblay, *L'invention de Louis*, anticipation.
Nicolas Tremblay, *La mémoire du papier*, roman.
Nicolas Tremblay, *Une estafette chez Artaud*, autogenèse littéraire.
Danielle Trussart, *Tuer le temps*, roman.
Jean-François Villeneuve, *Les chambres obscures*, roman.
Gisèle Villeneuve, *Outsiders*, nouvelles.
Claude-Emmanuelle Yance, *Cages*, nouvelles.
Claude-Emmanuelle Yance, *L'ère des enfants tristes*, nouvelles.
Claude-Emmanuelle Yance, *L'île au Canot*, roman.
Claude-Emmanuelle Yance, *La mort est un coucher de soleil*, roman.

Cet ouvrage composé en Filosofia
a été achevé d'imprimer en janvier deux mille vingt-trois
sur les presses de

imprimerie gauvin

Gatineau (Québec), Canada.

MIXTE
Papier
FSC® C100212
FSC
www.fsc.org